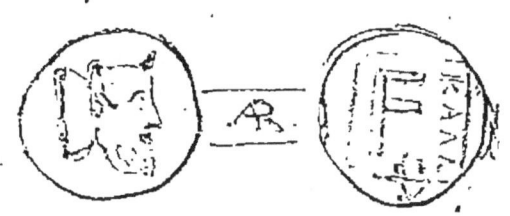

Callirhoé , fons. Antiochia Syria - Miousine. f. V. 715.
Antiochen, Syria rep. V. 37.

fille d'Océan et de Tethys. — fille de Scamandre.
fille d'Acheloüs — Auissean ou font riient à Athenes
à de l'acropolis premier tarfource au Mont hymète.

Il n'est aucune Science qu'on ne
puisse rattacher par quelque point,
à la philosophie.

La Numismatique satisfait également
la raison et le sages. SP

Donné par l'auteur
au Cabinet
des médailles.

ÉLÉMENS

DE

NUMISMATIQUE

OU

INTRODUCTION

A LA CONNAISSANCE DES MÉDAILLES ANTIQUES,

PAR

M. Du Mersan,

Chevalier de la Légion-d'Honneur, premier employé du Cabinet des Médailles de la Bibliothèque royale.

Paris,

RUE ET PLACE SAINT-ANDRÉ-DES-ARTS, N. 30.

—

1833.

ÉLÉMENTS

DE

NUMISMATIQUE

OU

INTRODUCTION

À LA CONNAISSANCE DES MÉDAILLES ANTIQUES

PAR

M. Du Mersan,

Chevalier de la Légion d'Honneur, premier employé du Cabinet de Médailles
de la Bibliothèque royale.

Paris,

RUE SAINT-ANDRÉ-DES-ARTS, N. 30.

—

1838.

ÉLÉMENS

DE

NUMISMATIQUE.

PREMIÈRE PARTIE.

GÉNÉRALITÉS DE LA SCIENCE.

INTRODUCTION.

Les sciences sont plus ou moins intéressantes pour tous les hommes, selon les rapports qu'elles ont avec les jouissances de la société. Les unes tiennent à la littérature et aux arts, les autres aux grands intérêts de l'humanité ; quelques autres ne semblent offrir d'aliment qu'à la curiosité où à la fantaisie ; mais il n'en est aucune qu'on ne puisse rattacher par quelque point à la philosophie, et dont l'étude ne puisse être généralement utile.

Dans notre siècle éminemment curieux d'instruction, chacun aime à tout explorer, à réunir en faisceau les connaissances que jadis on laissait se

disséminer et se perdre par leur isolement. Aujour-
d'hui on peut parler de numismatique à tout le
monde, parce que l'un s'occupera des médailles
dans leur rapport avec l'histoire, l'autre avec la
mythologie, celui-ci avec la poésie, celui-là avec
le dessin : parce que les curieux y verront un aliment à leur esprit de recherches, les amateurs une
nouvelle source de richesses pour leurs collections ; parce que l'on sait que tous les pays, tous
les âges sont représentés par les médailles antiques
et modernes ; parce que l'esprit et les yeux peuvent être également satisfaits par l'étude de ces
petits chefs-d'œuvre où l'art antique se trouve pour
ainsi dire résumé.

La numismatique doit entrer dans une éducation
complète ; car, sans vouloir faire des numisma-
tistes de tous les jeunes étudians, encore est-il à
propos qu'ils ne soient pas étrangers à une science
qui a des rapports intimes avec toutes les autres.
Des médailles antiques peuvent tomber entre leurs
mains ; ils peuvent avoir à consulter beaucoup
d'ouvrages importans où se rencontrent des médailles gravées ; et ces monumens acquerront
pour eux plus d'intérêt et de valeur, quand ils seront en état de les classer et de les apprécier. Mais
le matériel d'une science n'est rien sans l'esprit
qui l'anime.

La science numismatique, depuis le dernier
siècle, s'est élevée à la hauteur de toutes celles que
l'on cultive aujourd'hui avec éclat ; et si la connaissance des médailles ne fut long-temps qu'un
objet de curiosité, de trafic et de charlatanisme,
elle offre aujourd'hui des résultats importans et
utiles aux lettres et aux arts, par les veilles et les

travaux des savans les plus distingués de notre
époque, dignes successeurs des Vaillant, des
Spanheim, des Eckel, des Barthélemy et des
Visconti.

La Mythologie tout entière respire dans la numismatique. Les dieux nous apparaissent sur le
métal qui leur fut consacré ; chaque contrée nous a
conservé le sien. Athènes nous montre sa Minerve
telle que Phidias l'avait sculptée : l'île de Crète,
berceau de Jupiter, offre son Dieu à nos homma-
ges. Apollon tient encore sa lyre dans cette Delphes
qu'il remplissait de ses oracles, et le temple détruit d'Éphèse a vu s'échapper de ses ruines la
Diane que les médailles apportent jusqu'à nous.
Dans le médailler qui renferme ces produits du
marteau antique, les dieux d'Homère se trouvent
réunis comme ils l'étaient dans son Olympe, et les
nombreuses divinités dont la puissante imagination
des Grecs avait peuplé le monde, revivent aux yeux
de l'antiquaire qui jouit, au milieu de ses poétiques études, d'une sorte d'idolâtrie dont il est aisé
de concevoir le charme.

Les monnaies antiques, que nous appelons médailles, n'ont, pour certains amateurs, qu'une
sorte d'intérêt. Ils n'y voient que le métal, frappé
dans un temps éloigné, devenu rare, parce que
les siècles en ont détruit la plus grande partie, et
curieux, parce que les fragmens qui sont arrivés
jusqu'à nous sont couverts de rouille et presque
effacés.

La numismatique offre un intérêt bien plus vif
et donne des jouissances bien plus positives, lorsque l'on trouve sur une pièce de monnaie, la
trace de l'art naissant, dans un pays où il repro-

duit ensuite des merveilles ; lorsque l'on découvre
le rapport qu'il y a entre cette monnaie primitive
et celle qui a circulé dans des temps de luxe et
d'opulence ; lorsque l'on peut établir une balance
entre la valeur de cette monnaie et celle de la
nôtre, et que, par ce moyen, l'on passe à des
rapprochemens utiles sur l'économie politique, le
commerce et les mœurs des peuples.

La monnaie des anciens n'avait pas l'uniformité
de la nôtre. Consacrée par la religion et exécutée
sous l'influence des arts, elle devient pour nous
en même temps historique et poétique. Elle four-
nit mille sujets d'observations, et il est impossible
de l'examiner et de l'étudier sans se croire trans-
porté au milieu des contrées et des siècles dont elle
nous est parvenue.

On voit la monnaie abonder dans un pays, être
rare dans un autre ; briller ici par la richesse du
métal, là par sa belle exécution. Chez un peuple,
elle annonce ses droits et constate sa liberté ; elle
est chez un autre la preuve de son asservissement.
On l'a quelquefois avilie en y gravant les titres que
la bassesse et l'adulation ont inventés pour la puissance ; souvent aussi elle s'anoblit par l'effigie des
héros et par celle des bienfaiteurs des hommes.

« En se familiarisant avec les objets qu'embrasse
» une science, en les voyant souvent, et pour ainsi
» dire sans dessein, ils forment peu à peu des
» impressions durables qui bientôt se lient dans
» notre esprit par des rapports fixes, invariables ;
» de là nous nous élevons à des vues plus géné-
» rales par lesquelles nous pouvons embrasser à la
» fois plusieurs objets différens ; c'est alors que l'on
» est en état d'étudier avec ordre, de réfléchir

» avec fruit, et de se frayer des routes pour ar-
» river à des découvertes utiles. »

Ces conseils de Buffon, pour l'histoire naturelle, conviennent parfaitement à la numismatique.
Pour devenir habile dans cette science, il ne suffit
pas de l'étudier dans les livres; il faut voir beaucoup de médailles, les dessiner ou en tirer des
empreintes, en examiner attentivement les caractères distinctifs, en déchiffrer soi-même les inscriptions, de sorte que, par une longue habitude,
on parvienne à restituer ou à deviner celles que le
temps a effacées.

Il faut apprendre à reconnaître le caractère de
l'art dans chaque contrée, à distinguer la fabrique
particulière à chaque pays, étudier les types divers qui appartiennent aux différentes villes et aux
différentes provinces. En effet, chaque peuple a
donné à ses monnaies un caractère distinct que le
numismatiste doit reconnaître au premier coup
d'œil. Les médailles de l'Espagne, de la Gaule,
de la grande Grèce et de l'Asie, diffèrent entre
elles, comme les peuples eux-mêmes, par une
physionomie locale.

Il faut, pour bien distinguer les médailles,
avoir une connaissance étendue des *faces* et des *revers;* faire une grande attention aux lettres qui
doivent être le caractère principal; voir si les médailles n'ont pas été *martelées, encastées, retra-
vaillées;* si elles ont été *moulées* sur une médaille
antique ou sur une médaille moderne, et si le
vernis qui recouvre les médailles de bronze est une
véritable *patine* inhérente au métal, ou si ce n'est
qu'un mastic ou un faux vernis appliqué pour dé-
guiser la supercherie.

1.

Origine de la monnaie. — Échanges. — Métal pesé et marqué.

Dans l'origine des sociétés, le commerce ne se faisait que par échanges. La difficulté d'établir une juste balance entre les besoins et les moyens de les satisfaire, a dû faire chercher une manière plus commode d'opérer les transactions. Les métaux dont on reconnut les qualités précieuses pour cet objet, telles que la solidité, l'éclat et la durée, furent d'abord employés comme valeur représentative, mais seulement au poids; ils étaient eux-mêmes une marchandise. Bientôt on leur donna une valeur conventionnelle, et il est probable qu'en pesant d'avance chaque morceau de métal, on conçut l'idée de lui donner une empreinte qui attestât son poids, et que, par la suite, cette empreinte modifiée et perfectionnée devint le type des monnaies dont l'usage a été ensuite un des plus grands mobiles de la civilisation.

Le gouvernement avait seul le droit de faire frapper la monnaie. Dès que les Grecs eurent inventé et répandu l'usage de ce signe si utile au commerce, il fallut des empreintes qui attestassent la surveillance des magistrats et servissent à garantir le titre et le poids des pièces. Ces types furent les images des divinités tutélaires des nations, les emblèmes de ces divinités, ou les symboles des peuples et des villes. Les noms de ces peuples y furent empreints, ainsi que ceux des magistrats qui surveillaient la fabrication des monnaies.

Plus tard les rois et les empereurs y mirent leur nom et leur image.

Rome, sous la république, ne concéda à personne le droit de battre monnaie : aucun magistrat ne put y placer son image, et Sylla même fut obligé de se conformer à cette loi. Si quelques médailles offrent le portrait d'illustres Romains, ils y ont été mis d'après un sénatus-consulte, par leurs descendans, directeurs de la monnaie. Celle de Sylla a dû être frappée par son petit fils (*V.* Visconti *Iconographie romaine*, tome 1, page 85), César, dictateur, obtint cet honneur par un sénatus-consulte : les triumvirs ne suivirent pas cet exemple, mais Sextus Pompée et Brutus le meurtrier de César, l'adoptèrent. Auguste s'arrogea le droit monétaire dans le temps même où il n'était encore que triumvir; il communiqua cet honneur à ceux à qui il concéda la puissance tribunitienne. Depuis, la monnaie fut toujours frappée à l'effigie de l'empereur, tant à Rome que dans les pays soumis à la puissance des Romains. Les empereurs y placèrent quelquefois la tête des impératrices. Les lettres S. C. qui se lisent sur les médailles romaines signifient *Sénatus Consulto* (par un *Sénatus-Consulte*); elles ont été frappées en vertu d'un décret du sénat.

Application de la numismatique aux sciences, aux arts, aux auteurs, aux historiens, aux poètes.

La numismatique prête son secours à l'histoire.

Le professeur Schultz en a fait la base d'un excellent ouvrage intitulé : *l'Histoire romaine, éclaircie par les médailles.*

Les médailles antiques n'étant que des monnaies dans leur origine, on négligeait quelquefois, en les composant, les précautions que nous prenons pour les nôtres, soit pour fixer le temps et le lieu de leur fabrique, soit pour le développement des tableaux qu'elles nous présentent.

Si les auteurs anciens éclaircissent les monumens, les monumens à leur tour éclaircissent les auteurs anciens. Les uns racontent le fait, les autres en présentent le tableau.

De grands et beaux ouvrages ont été composés, en tout ou en partie, avec le secours de la numismatique. C'est d'après l'étude des médailles que le célèbre Barthélemy a fait son Essai d'une *Palæographie* grecque. L'*Iconographie* du savant Visconti est une application continuelle de la numismatique à l'histoire ancienne : les médailles y sont presque toujours admises comme preuves, quand elles ne le sont pas comme témoins uniques. Lorsqu'on fait une édition ou une traduction d'un auteur célèbre, on cherche sur les médailles son portrait que l'on ne trouve pas toujours sur les bustes ou sur les statues.

On voit celui d'Anacréon sur une médaille de Téos, dans la traduction de ce poète par M. de Saint-Victor (Paris, 1820); le portrait d'Hippocrate sur une médaille de Cos a été placé à la tête de plusieurs ouvrages de médecine; celui d'Homère, d'après les médailles d'*Amastris*, d'*Ios*, de *Smyrne*, orne diverses éditions de l'*Iliade*, etc.

Millin a fait des traités particuliers où la numismatique se rattache à la mythologie, à l'histoire naturelle et à d'autres sciences; telles sont la *Galerie mythologique* (2 vol. in-8, Paris, 1811); une dissertation sur quelques médailles des villes grecques qui offrent la représentation d'objets relatifs à l'histoire naturelle (*Magasin encyclop.*, tome V. p. 496); une dissertation sur l'*Apollon médecin*, qui a été lue à la Société de médecine de Paris (*Monumens antiques inédits*, tom. II, p. 90). L'Homère traduit par Bitaubé, le Virgile et l'Horace de Pinn, imprimés à Londres, sont ornés, au lieu de gravures modernes, d'un choix de monumens antiques relatifs aux passages de ces auteurs.

Feu M. Gail avait commencé le même travail pour Théocrite.

Il est peu de livres classiques auxquels on ne puisse trouver moyen de joindre utilement des médailles antiques. Avec la *Théogonie* d'Hésiode, ou le *Traité de la nature des dieux* de Cicéron, elles nous feraient voir la représentation matérielle des divinités antiques comparée à leur idéal ; rattachées à *l'Énéide* de Virgile, ou aux *Fastes* d'Ovide ; nous verrions sur les unes les événemens posthomériques (postérieurs au temps d'Homère) qui se lient à l'origine de l'empire romain, et, sur les autres, les plus anciennes traditions de l'Italie.

Veut-on tirer de la numismatique d'autres résultats, on peut réunir les médailles qui offrent des édifices, des temples, des ponts, des cirques, des ports, des phares, des arcs de triomphe, des colonnes, et former ainsi un recueil des monumens de l'architecture antique. On peut réunir les médailles relatives à l'histoire naturelle, et connaître ainsi les animaux et les végétaux que les anciens employaient soit dans les cérémonies du culte, soit à des usages particuliers, ou comme emblêmes et symboles parlans.

On peut faire une collection des meubles, des armes, des instrumens des anciens qui sont représentés sur les médailles. On voit de combien d'utilité et de quelle variété d'intérêt l'étude et la connaissance des médailles sont susceptibles. Il serait intéressant de réunir les monnaies de toutes les républiques de la Grèce, de les comparer, dans leur origine, à ce qu'elles sont devenues quand les pays où on les frappait ont acquis plus de puissance. On pourrait comparer les monnaies des républiques à celles des royaumes, examiner si la richesse et l'abondance du métal se trouvent en équilibre avec la position respective des États; voir si l'art croit et décroît plutôt en raison de l'opulence que de la liberté, et si les peuples libres n'ont pas eu des médailles plus poétiques que les autres.

Les recherches peuvent s'étendre aux ères, aux dates, aux magistratures, aux révolutions des empires, et même à celles des cieux; car les astres servent de type à plusieurs médailles, et l'apparition des phénomènes célestes y a quelquefois été consignée. L'imagination des lecteurs doit être suffisamment éveillée sur ces travaux d'autant plus intéressans qu'ils nous rapprochent des peuples chez lesquels on trouve les premières traces de la philosophie et des arts.

Les anciens sont encore nos maîtres dans l'art de la gravure des médailles. De constans efforts pourraient enfin nous rendre supérieurs dans cette partie, comme nous le sommes devenus dans plusieurs autres; et c'est en faisant une étude plus particulière de la numismatique ancienne que l'on y parviendra. C'est en sortant des cabinets des curieux et de l'enceinte sévère des musées, pour se répandre dans les classes, dans les ateliers et dans les bibliothèques, que cette science peut prendre un nouvel essor, et que de sa publicité doit naître sa splendeur.

Classification des médailles.

La numismatique se partage comme l'histoire : la numismatique ancienne finit avec l'empire d'occident ; la numismatique du moyen-âge commence avec Charlemagne ; la numismatique moderne à la renaissance des lettres.

On divise ainsi les suites de médailles antiques : en médailles de peuples, villes et rois ; en médailles de familles romaines ; en médailles impériales.

On classe les médailles de peuples et de villes selon l'ordre géographique adopté par Eckhel dans son bel ouvrage intitulé : *Doctrina nummorum ;* cet ordre est celui de la géographie de Strabon.

Cette marche géographique fait parcourir les différentes contrées du monde ancien, en partant du couchant et des colonnes d'Hercule (aujourd'hui détroit de Gibraltar), et en suivant le rivage septentrional de la Méditerranée jusqu'au fond de la mer Noire : de là on descend vers le midi, et des côtes de la Syrie et de l'Égypte, on regagne par une marche rétrograde la Mauritanie et la mer Atlantique.

On visite les contrées qui ne sont pas maritimes à mesure qu'elles répondent, par la direction de leurs parallèles ou de leurs méridiens, à celles qu'on a visitées en longeant les côtes.

Dans les contrées dont on connaît les provinces, on établit ces divisions. C'est ainsi que l'Espagne est subdivisée en *Lusitanique*, *Bétique* et *Tarragonaise* ; la Gaule, en *Aquitaine*, *Narbonnaise*, *Lyonnaise*, et *Belgique*; l'Italie en *Étrurie*, *Umbrie*, *Samnium*, etc. Les villes sont classées

dans chacune de ces divisions par ordre alphabétique. Les médailles sont classées dans chaque
ville d'abord par métaux, savoir : l'or, l'argent
et le bronze ; puis ensuite dans un ordre chronologique, savoir : celles de la plus ancienne fabrique
que l'on doit reconnaître à l'état peu avancé de
l'art, au carré creux qui remplace le type sur l'un
des côtés de la médaille, à l'absence de l'inscription ou à sa briéveté. Quand l'état de l'art ne per-
met plus de faire cette distinction, on classe les
types *mythologiquement*, en commençant par les
dieux du ciel, ceux de la terre, des eaux, du feu
et des enfers ; les divinités allégoriques viennent
ensuite et précèdent l'histoire héroïque, qui est
suivie des types historiques, des symboles vivans
rangés d'après les règles de la nature, et enfin
des symboles inanimés. Quelquefois on a une grande
quantité de médailles avec le même type principal;
mais elles varient par les symboles qui enrichissent
le *champ* de la médaille, et dans la classification
desquels on doit suivre l'ordre que je viens d'indiquer. Dans les villes où les médailles portent des
noms de magistrats, on classe ces noms par ordre
alphabétique ; mais cette classification est toujours
subordonnée à celle des types.

Après les médailles *autonomes*, on place les médailles impériales et coloniales dans l'ordre chronologique des empereurs romains ; et dans la série
de chaque empereur, on reprend la classification
méthodique que nous venons d'indiquer.

Les suites de médailles romaines se partagent en
plusieurs séries, selon le métal : *médailles d'or*,
d'argent, de bronze.

Les médaillons d'or et d'argent forment des divisions que l'on met à la tête des collections, de même que l'on place les *quinaires* d'or et d'argent à la suite de chaque série. Quelques amateurs ont fait des suites particulières de quinaires. Les médailles de bronze forment quatre suites différentes :

Les médaillons ;

Le grand bronze ;

Le moyen bronze ;

Le petit bronze.

Chacune de ces suites est soumise à l'ordre chronologique des règnes ; dans chaque règne on conserve l'ordre alphabétique des revers.

On ne peut compter parmi les contrées numismatiques que celles dans lesquelles les Grecs ou les Romains ont porté l'usage des monnaies, et les peuples barbares qui cherchaient à imiter les mœurs de ces deux nations. Les peuples les plus éloignés vers le nord de l'Europe n'ont point eu de monnaies, non plus que ceux de l'Asie, qui s'entendaient vers l'Orient, ni ceux de l'Afrique, les plus éloignés de la Méditerranée. Cependant, si les nations ne voulaient admettre que leur propre monnaie, il faudrait que tout le commerce se fît par échanges ; c'est pourquoi les villes voisines l'une de l'autre convinrent de recevoir respectivement leurs monnaies. Un passage de Diphile, cité par Athénée, prouve que les oboles d'Egine étaient reçues dans le marché d'Athènes ; et Polybe rapporte qu'après un tremblement de terre qui avait tout ravagé, Ptolémée Evergète fit présent aux Rhodiens d'une somme de mille talens en monnaie d'airain, qui fut certainement reçue dans la circulation. Avant que la monnaie d'or eût été introduite à Rome, les philippes s'y prenaient au poids. Les Athéniens, avant d'avoir des monnaies d'or, se servirent de dariques (monnaies des Perses). Les monnaies étrangères étaient surtout nécessaires dans les expéditions hors de la patrie. Un passage de Platon donne lieu de présumer qu'il y avait une monnaie commune dans toute la Grèce. Eckel soupçonne que c'était la monnaie d'argent d'Athènes qui était très-abondante. Au temps de Verrès, les monnaies romaines et siciliennes étaient également en usage dans la Sicile. Auguste commença à faire cesser l'usage des monnaies provinciales ; Mécène établit l'uniformité des monnaies, des poids et des mesures pour les Romains. La monnaie impériale s'étendit, à cause de sa pureté, bien au-delà des limites de l'empire. La monnaie conservait sa valeur après la mort du prince, à moins que, pour des considérations politiques, on ne crût devoir la lui ôter.

On fait dans les cabinets des suites de monnaies modernes, divisées géographiquement et subdivisées chronologiquement.

On forme aussi des suites particulières de grands hommes, que l'on peut classer ou par ordre alphabétique ou par ordre géographique. La meilleure méthode est de les diviser d'abord par pays, et ensuite par ordre alphabétique dans chaque pays.

Quelques règnes fournissent à eux seuls des suites considérables et très-intéressantes, sous le rapport historique. Ce sont alors véritablement des médailles, et non des monnaies ; ces pièces ont été frappées pour conserver le souvenir des événemens remarquables d'un règne. La suite de Louis XIV et celle de Napoléon sont aussi nombreuses que remarquables pour l'art et pour l'histoire.

La première a été publiée par le *P. Ménétrier*, la deuxième par *M. Millingen*, en 1819.

Mazuchelli a publié les médailles frappées en l'honneur des savans et des gens de lettres.

Klotz a publié les médailles satiriques.

Tobiesen-Duby a publié les monnaies obsidionales. Le même a donné un traité des monnaies des princes, ducs, comtes, barons, etc.

Hommelius a publié les médailles relatives à la jurisprudence.

M. Hennin a publié, en 1826, une histoire numismatique de la révolution française.

M. Appel publie à Vienne un répertoire des monnaies et médailles modernes de toute l'Europe. 1820-1828 et suivantes.

Noms des monnaies.

Les médailles et les monnaies ont eu différens noms chez les anciens et les modernes. Les Grecs les nommaient *argyrion*, argent, parce que les monnaies d'argent étaient les plus anciennes ou les plus communes; *chréma* (biens), parce qu'on peut avec elles posséder tous les autres biens; *nomisma*, par ce que leur valeur était déterminée par la loi. Les Latins les nommaient *pecunia*, du mot *pecus*, parce que leurs premiers types ont été des bestiaux, symbole du commerce par échanges, *nummus*, *numisma*, du mot grec νόμισμα (nomisma); et *moneta*, parce qu'on frappait les pièces de métal dans le temple de *Junon l'Avertisseuse* (*Juno Moneta*). Ce nom fut ensuite commun aux pièces de métal et à l'atelier où on les fabriquait. D'après leurs types, quelques médailles ont été appelées des *tortues*, des *bœufs*, des *sagittaires*, des *cistophores*, des *biges*, des *quadriges*, des *ratites*, etc. ; ce dernier nom est donné aux médailles consulaires très-anciennes qui portent pour type une proue de vaisseau, en latin *ratis*. D'autres ont reçu le nom du lieu où elles étaient frappées : telles sont les statères *éginéens*, *cyzicéniens*, *phocéens*, etc. ; ou bien du nom de celui qui les faisait frapper, tels sont les *crœseïdes* (de Crœsus), les *philippes*, les *dariques*, etc.; d'autres ont été nommées d'après leur forme, comme les monnaies sciées ou *serrati*, ou en coupe, *scyphati*, etc. ; soit enfin de leur valeur et de leurs poids, comme le *sicle* des Hébreux, la *drachme*, le *didrachme*, l'*obole*, le *diobole*, l'*hémiobole* des Grecs ; l'*as*, le *sextans*, l'*once* le *quinaire*, le *denier*, et le *sesterce* des Romains.

Poids des monnaies.

Ce fut sous le règne de Servius Tullius que l'on commença à frapper des monnaies à Rome ; ces pièces d'airain ou de bronze servaient à la fois de monnaie et de poids. Le poids pesait une livre, *libra* ; il se marquait par une ligne perpendiculaire I; la livre se divisait en 12 onces, *unciæ*; la moitié de ce poids se nommait *semis* ; il se marquait par un S ; l'once était indiquée par un O. On introduisit ensuite l'*as*, qui était à la fois un poids et une monnaie; il portait d'un côté le Janus *bifrons* (à double visage), et de l'autre le vaisseau sur lequel Janus aborda dans le Latium. L'as monnaie devint ensuite différent de l'as poids. Ce ne fut qu'après la seconde guerre punique qu'on commença à battre des monnaies d'argent. Ces monnaies se nomment *denarius, quinarius, sestertius*. Le denier, *dena-*

rius, se nommait ainsi parce qu'il valait dix as ou dix livres d'airain; sa marque était un X ou XVI. Le *quinarius* en valait cinq : sa marque était un V ou un Q. Le sesterce en valait deux et demi; sa marque était II S, ou une HS. Ces pièces avaient d'abord le même type, la tête de Pallas avec le casque ailé, et sur le revers les dioscures; ces types ont varié ensuite, ainsi qu'on peut le voir par les monnaies des familles romaines. Les quinaires portaient souvent pour type la Victoire, d'où ils étaient appelés *victoriati*. Les Romains calculaient toutes les sommes en sesterces; mais les expressions des anciens auteurs offrent souvent de grandes difficultés que l'on ne peut résoudre que par une étude spéciale de cette matière. On peut consulter l'excellent mémoire de M. *Letronne* sur l'évaluation des monnaies grecques et romaines, lu à l'Académie des Inscriptions et Belles-Lettres, en 1817 : il réfute un ouvrage de M. le comte *Garnier* sur les monnaies de comptes des anciens.

Le poids devait être ce qui déterminait la valeur des monnaies. Beaucoup de savans ont écrit de gros volumes sur la valeur des monnaies et leur poids; la question n'a cependant pas encore été entièrement éclaircie, ce qui vient en grande partie de ce qu'on a toujours employé les mêmes termes *as*, *denier, sesterce*, sans faire attention au temps; et quant aux monnaies grecques, sans faire attention aux époques et aux lieux. Dans le code de Justinien, on se plaint de l'abus de ces expressions dans les donations, parce qu'elles n'ont pas de sens précis. Les premiers savans qui se sont occupés d'éclaircir cette question, ne consultèrent que les passages des auteurs, sans examiner les médailles elles-mêmes; ils ne purent alors que s'égarer. Eisen-schmidt et Khell ont les premiers consulté, com-paré et pesé les médailles mêmes. Plusieurs sa-vans français ont depuis fait la même chose. Mal-gré cela il faut avoir recours aux conjectures pour concilier les auteurs et les monumens qui sont sou-vent en opposition. Du reste, il ne faut pas s'éton-ner que les modernes ne soient pas parfaitement d'accord sur une question sur laquelle les anciens eux-mêmes ne l'étaient pas. Ce qui ajoute encore à la difficulté, c'est la différence des poids dans les différentes villes, et l'ignorance où nous sommes du rapport de l'or et de l'argent au bronze, aux différentes époques,

Ouvrages de la numismatique.

Lorsque la science des médailles vint prendre un rang parmi celles que faisait fleurir la renais-sance des lettres, les premiers pas en furent incer-tains; et, quoique l'on doive savoir gré à ceux qui ont débrouillé ce chaos, et posé les premières bases sur lesquelles on a élevé depuis un édifice solide et bien ordonné, il faut se garder des erreurs et des hy-pothèses hasardées qui abondent dans leurs ouvrages.

On a sur les médailles un assez grand nombre de traités élémentaires. *Eneas-Vico* donna le pre-mier, en 1548, des discours sur les médailles; il fut bientôt imité par *Antonio Agostini* et par *Antoine Lepois*. Ces ouvrages avaient le défaut d'une méthode confuse et d'une forme pédantesque. *Charles Patin*, fils du célèbre *Gui Patin*, pu-blia, en 1695, son *Introduction à la science des médailles*, ouvrage écrit avec simplicité et avec

précision. Le jésuite *Jobert* donna , en 1692 , sa
Science des médailles, ouvrage rempli d'erreurs,
dans lequel il a adopté toutes les rêveries du
père *Hardouin*. *Bimard de La Bastie* en a donné
une édition corrigée et rectifiée par lui.

Frœlich a publié , en 1758 , une notice élémentaire sur les médailles , dans laquelle il y a
quelques erreurs , mais beaucoup de choses utiles;
l'ouvrage d'*Hantaler*, intitulé : *Exercitationes
faciles de numis*, etc. , et la *Science des médailles* par *Mangeart,* doivent plutôt être regar-
dés comme des traités d'antiquités appuyés sur les
médailles , que comme des élémens de numismatique. Un des traités les plus curieux est celui de
Spanheim sur l'excellence et l'usage des médailles;
mais il est composé de deux énormes in-folio, dans
lesquels il y a beaucoup de choses étrangères à la
numismatique. M. *Monaldini* a publié, en 1772,
à Rome , des institutions numismatiques qui sont
bien préférables à l'ouvrage du père Jobert. M. Jean
Pinckerton a donné un essai sur les médailles en
deux volumes. Le célèbre Eckel a donné deux ouvrages élémentaires , l'un en un petit volume à
l'usage de ses disciples; l'autre, en 8 volumes in-4°,
est un chef-d'œuvre par l'ordre qu'il a mis dans
les matières et par la justesse de ses observations.
M. *Millin* a donné une Introduction à l'étude des
médailles. L'auteur de cet ouvrage a publié en
1818, la *Numismatique du voyage du jeune
Anacharsis*, à laquelle il a joint un *Essai sur la
science des médailles*, traduction abrégée des
Prolégomènes d'Eckhel. M. G. *Jacob* a donné
un *Traité élémentaire de numismatique,* en
1825. M. *Champollion* en a fait un dans l'Ency-
clopédie portative, publié en 1826.

M. *Hennin* a publié , en 1830 , un ouvrage élémentaire , intitulé *Manuel de numismatique*, bien supérieur à tout ce qu'on avait fait jusqu'alors dans ce genre.

On doit regretter que le savant Barthélemy n'ait pas terminé sa *Paléographie numismatique* dont il n'a donné qu'un essai. [¹]

Après ces ouvrages analytiques, j'en citerai deux alphabétiques. L'un est le dictionnaire de *Gussème*, qui est peu utile ; l'autre , celui de *Rasche ;* ce dernier sera un monument impérissable de ce que peut exécuter un homme instruit , patient et laborieux. On trouve encore quelques notices sur les médailles dans les traités généraux d'archéologie d'*Ernesti* et de *Christ*. On en a plusieurs sur le projet d'un traité général des médailles. *Morell* l'avait entrepris ; il est malheureux qu'il ne se puisse exécuter. L'ouvrage le plus complet en ce genre est celui de *Gessner*, intitulé *Specimen rei numariæ* (Essai de numismatique), etc.

Pellerin avait le premier classé les médailles selon les contrées auxquelles elles appartiennent. Eckel a perfectionné cette méthode , dans son grand ouvrage intitulé *Doctrina nummorum veterum* (Science des anciennes monnaies).

M. Sestini , que les sciences viennent de perdre, a travaillé toute sa vie à divers ouvrages dans lesquels il a publié une grande quantité de médailles inédites , et rectifié les attributions fausses et incertaines d'une quantité plus grande encore.

M. Mionnet , dans sa description des médailles antiques, grecques et romaines, a résumé toutes les découvertes numismatiques faites depuis vingt-cinq ans. Son ouvrage est une application continuelle de la méthode d'Eckhel ; il y a soumis les mé-

[¹] Essai d'une Paléographie numismatique, 1ᵐᵉ partie. Mém. de l'académie du B. L. Tom. XXIV. pag. 30. Deuxième partie. Tom XLVII. pag. 140.

dailles à la plus rigoureuse classification ; il y a joint, pour les amateurs, le degré de rareté et l'estimation de chaque pièce. C'est un grand service qu'il a rendu aux sciences et aux arts en préservant de la destruction une grande quantité de médailles, et en rendant faciles les moyens de traiter entre les vendeurs et les acquéreurs. Il n'y a pas dans le Levant un consul qui n'ait son exemplaire du *Mionnet*, et un voyageur instruit qui n'en fasse son *vade mecum*.

L'ouvrage le plus moderne dans lequel on puisse prendre connaissance des auteurs qui ont traité de la numismatique, est celui de Lipsius, intitulé : *J.-G. Lipsii Bibliotheca nummaria, sive Catalogus auctorum, qui usque ad finem seculi XVIII de re nummaria aut numis scripserunt. Præfatus est brevi commemoratione de studii numismatici vicissitudinibus Christ. Gottl. Heyne. Lipsiæ,* 1801, 2 vol. in-8°. (Bibliothèque numismatique de J. G. LIPSE, ou catalogue des auteurs qui, jusqu'à la fin du XVIIIᵉ siècle, ont écrit sur la numismatique, etc.)

Médailles fausses.

Si une jouissance pouvait paraître pure et exempte de trouble et d'erreurs, c'était assurément celle que procure l'étude paisible des monumens de l'antiquité : mais les faussaires ont employé beaucoup de talent pour tromper les yeux les plus exercés, et ce n'est qu'avec défiance que l'on jette son premier regard sur une médaille antique. Les premiers de ces faussaires furent : Jean-Joseph Cauvin de Padoue, connu sous le nom de

Padouan ; Michel Dervieux, de Florence, dit le Parmésan ; Cogornier, de Lyon, et Carteron.

Depuis ce temps les faussaires se sont prodigieusement multipliés ; il y a des ateliers de médailles fausses en Allemagne ; il y en a dans le Levant ; on en connaît à Smyrne et à Constantinople. Le savant Sestini les a dévoilés dans un ouvrage qui a paru récemment, intitulé *Sopra i moderni falsificatori*, in-4°, etc., *Firenze*, 1826 (*Sur les faussaires modernes, Florence*, 1826). Il y a des signes caractéristiques auxquels on peut distinguer les médailles fausses des véritables ; Beauvais, dans son histoire abrégée des empereurs romains (t. III, pag. 379), a donné, sur ce sujet, une excellente dissertation que l'on pourra lire avec fruit.

TRAITÉ DES MÉDAILLES.

CHAPITRE Ier.

De la monnaie en général.

Le nom de *numismatique*, vient du mot grec *nomisma*, par lequel était désignée la pièce de monnaie frappée par l'autorité publique et connue par son poids et par sa valeur pour servir au commerce.

Les anciens, qui sentirent toute l'importance du métal monnayé, divinisèrent la monnaie personnifiée. Les Romains l'ont représentée sous la forme d'une femme qui tient une balance et une corne d'abondance, symboles de la richesse ou de la quantité du métal, et de la justice qui doit présider à son poids et à sa pureté. Sa figure se trouve sur un denier d'argent de la famille *Carisia*, au revers duquel sont représentés les instrumens du monnayage. On la trouve aussi sur les médailles frappées sous les empereurs romains, depuis Domitien jusqu'à Héraclius.

On lit autour les mots MONETA AVG., monnaie d'Auguste, ou AVGG., des Augustes, et MONETA SACRA, monnaie sacrée.

Le nom de *Moneta* vient de ce qu'on frappait les pièces de métal dans le temple de JUNO MONETA (Junon l'*Avertisseuse*). Ce nom fut ensuite commun aux pièces de métal et à l'atelier où on les fabriquait.

Quelquefois on voit sur les médailles romaines trois femmes portant ces attributs ; elles indiquent les trois métaux qui sont ordinairement employés pour fabriquer les monnaies, or, argent, bronze.

CHAPITRE II.

Causes de l'établissement de la monnaie.

Le commerce commença par des échanges ; mais quand il prit un grand accroissement, il fallut trouver des moyens de le faciliter, et on convint de donner une valeur à des signes représentatifs. Ces signes ne furent d'abord que des morceaux de métal ou de toute autre matière, qui avaient un poids déterminé : telle fut l'origine de la monnaie. Platon ne l'interdit point dans sa république : mais il en exclut l'or et l'argent, et il voulut qu'elle fût fabriquée avec le plus vil métal, afin que les autres nations ne lui portassent point envie,

et qu'elle eût seulement le degré d'utilité convenable, celui de rendre les échanges faciles entre les
commerçans, les ouvriers, et les divers habitans
du pays.

L'utilité du métal marqué ayant été généralement reconnue, les Grecs, premiers auteurs de
cette invention, la répandirent bientôt partout où
s'étendaient leurs nombreuses colonies. Aussi, non-
seulement la Grèce proprement dite, mais encore
la grande Grèce, qui comprenait la partie méridionale de l'Italie, la Sicile, les îles de l'Archi-
pel, et les bords de l'Asie Mineure, eurent-elles
en peu de temps une grande quantité de monnaies
qui se répandirent dans les pays situés vers le
Pont-Euxin, dans l'Afrique, dans la Cyrénaïque,
et enfin dans la Gaule et dans l'Espagne.

Les nations barbares, à qui le voisinage avait
donné avec ces pays des relations commerciales,
commencèrent par faire usage de monnaies étrangères : mais elles en frappèrent bientôt elles-
mêmes. Celles qui habitaient au milieu des terres
furent plus lentes à adopter cet usage : en général,
les contrées maritimes se civilisèrent les premières;
aussi les peuples voisins des bords de la mer, tels
que ceux de la Bétique (1), à qui des fleuves navi-
gables donnaient une grande facilité pour le commerce, eurent des monnaies long-temps avant les
autres villes d'Espagne qui sont situées plus vers le
nord, et chez qui l'on n'en trouve que d'une fabrique postérieure à la conquête des Romains (2).

Dans la Grande-Bretagne ou l'Angleterre, on

(1) L'Andalousie, province d'Espagne, où coule le fleuve
Bétis, maintenant nommé le Guadalquivir.
(2) On doit en excepter celles d'Osca.

ne se servit pour monnaies que de morceaux de bronze brut, ou de boules de fer (1).

Les Daces imitèrent d'abord les monnaies des Grecs; et, après avoir été conquis par Trajan, ils adoptèrent celles des Romains, qu'ils copièrent ensuite.

Les Carthaginois si puissans, si commerçans, n'eurent pas, à ce qu'il paraît, une monnaie particulière. Ils conservèrent très-tard l'usage des échanges; et, comme ils furent long-temps à demi barbares, ils eurent de la peine à changer leurs coutumes, et se servirent de monnaies de cuir (2) jusqu'au temps où celles des Romains se répandirent par tout le monde connu.

CHAPITRE III.

Des inventeurs de la monnaie, et du temps où elle fut établie.

Il n'est pas un peuple qui n'ait prétendu avoir été le premier inventeur de la monnaie, et chacun d'eux a trouvé un auteur pour appuyer ses prétentions.

Les Lydiens, d'après Hérodote, frappèrent les premières monnaies d'or et d'argent. Les habitans de l'île d'Egine, selon Ælien, réclament cette invention. Les Thessaliens l'attribuent à *Itonus*, un de leurs plus anciens rois, et Lucain rappelle cette tradition. Les romains ont, selon Suidas, fabriqué les premières monnaies de bronze, sous le règne de Numa; et, du nom de ce roi, il fait

(1) César, *Guerres des Gaules*, liv. v, ch. 14.
(2) Sénèque, *des Bienfaits*, liv. v, c. 14.

2.

venir les mots *nummus* et *numisma*. Les Grecs en
font honneur à un roi d'Argos nommé *Phidon*, que
mentionnent les marbres de Paros transportés en
Angleterre par lord Arundel.

Il vaut mieux avouer que l'on ne connaît pas les
premiers auteurs de cette invention : cependant
on sait, d'après quelques passages des auteurs anciens, à quelle époque remonte l'usage de l'argent
monnayé.

On peut voir, par plusieurs passages d'Homère,
qu'au temps de la guerre de Troie, les Grecs faisaient encore le commerce par échange.

Il est vrai qu'Ulysse dit à Silène, dans Euripide, qu'il lui donnera *de l'argent ;* mais cet
anachronisme est une plaisanterie permise dans
une pièce satirique.

Si des temps héroïques nous descendons aux
âges moins reculés, nous voyons que l'usage de la
monnaie dut être fort ancien à Lacédémone, puisque
Lycurgue y introduisit la monnaie d'or, d'argent,
et de fer (1), et que ce législateur vécut plusieurs
années avant le commencement des olympiades,
près de neuf cents ans avant notre ère. On ne sait
cependant pas au juste si c'étaient des monnaies
ou des poids; mais il est certain que les villes
grecques se servaient de monnaies au temps de
Solon, puisque dans ses lois il condamne à la
peine de mort celui qui les altérera. Démosthènes
l'atteste dans son discours contre Timocrate : or,
Solon vivait dans la quarante-cinquième olympiade,
et il était contemporain de Tarquin l'Ancien, et de
Cyrus, roi de Perse.

C'est à peu près à cette époque que l'on peut re-

1) Plutarque, *Vie de Lycurgue.*

porter les plus anciennes monnaies de Rhégium (1), et de Zanclé (2), et ce fut Servius Tullius qui introduisit à Rome cet usage des Grecs et des peuples voisins de l'Italie.

Ce qu'il y a de plus vraisemblable, c'est que le métal commença à prendre une forme monétaire vers le commencement des olympiades. Les monnaies où sont représentés Homère, Pythagore, Minos, Numa, Ancus, ne sont point de leur temps, mais frappées beaucoup plus tard en leur honneur.

CHAPITRE IV.

De la matière des anciennes monnaies.

Les anciens employèrent pour fabriquer leurs monnaies, l'or, l'argent et le bronze ; mais ils ont aussi, quoique plus rarement, employé d'autres métaux. Les Spartiates fabriquèrent des monnaies de fer (3) ; et, si l'on n'en a retrouvé aucune, cela ne prouve pas qu'il n'en a point existé, ce métal étant facilement détruit par la rouille. La même raison subsiste à l'égard des monnaies d'étain. Quelques-unes en plomb nous sont parvenues, et l'on en conserve dans plusieurs cabinets. Les Carthaginois se servirent d'abord de monnaies de cuir (4), et les Romains de monnaies de bois, et même de coquillages (5). Il serait intéressant de

(1) Maintenant Reggio, en Italie.
(2) Cette ville prit ensuite le nom de Messana, Messine.
(3) Pollux, liv. VII, § 106. — Aristote, Economie, l. II, c. 2. — Suidas, *Lexique*, A dans le mot Ασσάρια (Assaria).
(4) Plus haut, p. 29.
(5) Suidas, *Lexique*, A, au mot Ασσάρια (Assaria).

Plutarque dans la Vie de Thésée, dit que ce Prince fit frapper une monnaie.

savoir si ces diverses matières furent employées comme l'or, l'argent et le bronze, et si elles reçurent de l'autorité publique un coin, une image et une valeur, sans quoi elles ne pourraient être assimilées à la monnaie.

Les médailles de plomb sont de deux espèces; les unes ne sont pour ainsi dire que l'âme des pièces que des faussaires avaient revêtues de légères lames d'argent; les autres n'avaient pas été fabriquées par fraude, mais ce n'étaient pas des monnaies : elles étaient destinées à servir de tessères ou de contre-marques (1). Quant aux autres matières communes, il est probable que c'étaient des monnaies représentatives, faites dans des temps difficiles, comme les pièces obsidionales (de convention pendant un siége), ou le papier-monnaie, et qu'elles avaient cours dans un pays sans être reçues par les étrangers.

Les monnaies anciennes ne sont pas toujours de métal pur : cependant celles des temps les plus reculés sont celles où il y a le moins d'alliage. L'or dans les médailles des Perses et des Grecs est de la plus grande pureté possible. Lorsqu'il est mélangé, on lui donne le nom d'*Electrum*. Il suffit, pour cela, qu'il y ait une cinquième portion d'argent; mais plus on avance vers notre temps, moins l'alliage devient rare.

On a beaucoup parlé du bronze ou de l'airain de Corinthe, dont le mélange passe pour être l'effet du hasard. On raconte (2) que, lorsque cette ville fut prise et incendiée, les statues, les vases, les

(1) Voyez Ficoroni, Piombi antichi (Plombs antiques.)
(2) Plin., liv. xxxiv, § 3. — Petronius, Satyr., c. 5o. — Isidor., l. xvi, c. 19.

(1) Hérodote dit positivement que ce fut
Darius fils d'Hystaspes, qui fit frapper
les Dariques en or et qu'Aryandès
fit à son exemple, faire de belles monnaies
d'Argent en Égypte. Liv. IV. C. 166a
v. la note de Mr Larcher, et celle de
Wesseling sur ce passage.

(Nous ne connaissons de Monnaies
d'Égypte que depuis le règne d'Alexandre
en frappées sous les Ptolémées.)

ouvrages précieux d'or, d'argent et de bronze, furent fondus par la violence du feu ; les métaux se mêlèrent et formèrent cette composition ; mais Pline dit qu'avant le siége de la ville, les plus habiles ouvriers avaient fabriqué des statues de ce beau métal que l'on appelle airain de Corinthe, et rien ne nous porte à croire qu'il ait été soumis au coin et qu'on en ait fabriqué des monnaies. Toutes celles de cette ville qu'on a trouvées jusqu'à présent sont du cuivre le plus commun, et n'offrent aucune apparence d'un mélange d'or et d'argent.

Il existe une autre espèce de mélange auquel on donne le nom de potin (1), qui ressemble beaucoup à notre billon et que l'on trouve surtout dans les médailles de la ville d'Alexandrie, en Égypte.

Avant le règne de Philippe II, roi de Macédoine, on ne trouve point dans la Grèce de médailles de rois en or. Les seules connues avant cette époque sont les *dariques*, ainsi appelées du nom des *Darius*, rois de Perse. Cependant Hérodote (2) raconte que Polycrate, tyran de Samos, fit frapper des monnaies d'or. Il était contemporain de Cambyse, et vivait plus de 500 ans avant J.-C.

Les premières monnaies des villes de la Grèce sont toutes d'argent, et les plus anciennes d'Italie sont de bronze, excepté celles de Populonia, ville d'Étrurie.

Quant aux villes d'Athènes, de Tasos, de Damastium en Épire, et quelques autres encore, il est tout simple qu'ayant en leur possession des mines d'argent, elles aient profité de cette ri-

(1) Jobert, *Science des médailles*, t. 1, p. 42. — Pellerin, *Mélanges*, t. 1, p. 225.
(2) Liv. III, c. 56.

chesse pour agrandir leur commerce et frapper leurs monnaies (1).

Ce qui arrive ordinairement aux peuples qui ne se contentent pas de la terre de leurs ancêtres, et qui vont porter hors de leurs frontières leur ambition et leur cupidité, arriva aux Spartiates et aux *Romains.*

Les uns, suivant les lois de Lycurgue, s'abstinrent de frapper des monnaies d'argent; mais ils remplirent leurs trésors de celles qu'ils avaient conquises dans leurs guerres, et d'une telle quantité d'or, que l'on n'aurait pas pu, dit Platon, en trouver autant dans toute la Grèce.

Les Romains, après la guerre de Pyrrhus, unis aux villes de la Grèce par un commerce plus étendu, commencèrent à recevoir de l'argent et bientôt en firent frapper chez eux.

Les Grecs, ruinés d'abord par les guerres des successeurs d'Alexandre, ensuite par celles des Romains, furent obligés d'employer le bronze plus généralement pour leur monnaie; mais il est vraisemblable aussi qu'ils en adoptèrent l'usage comme plus commode pour les petites acquisitions, pour lesquelles il aurait fallu des pièces d'argent si menues qu'elles se seraient perdues trop aisément. On voit encore de ces pièces extrêmement petites parmi les médailles d'Athènes et de la grande Grèce.

Enfin, lorsque les Grecs furent soumis aux Romains, leurs vainqueurs ne leur permirent plus

Pyrrhus roi d'Épire, 280 an avant J.C.

(1) Strabon dit, en parlant des villes d'Épire : Πλησίον δέ που καὶ τὰ ἀργύρια τὰ ἐν Δαμαστίῳ, (*plésion dé pou kai ta arguria ta en Damastió*) , il y a aussi dans le voisinage le métal d'argent qui se trouve à Damasie.

de frapper que des monnaies de bronze, ou du moins une très-petite quantité en argent.

CHAPITRE V.

Du poids et de la valeur de la monnaie des anciens.

Il est très-difficile de déterminer la valeur que l'autorité publique avait attachée à la matière et au poids des monnaies anciennes. Il ne nous reste sur ce sujet que des notions inexactes et confuses ; d'abord par l'ignorance des copistes qui nous ont transmis le peu de notes arithmétiques que les auteurs anciens ont laissées, ensuite par le changement de valeur qu'ont éprouvé les pièces de monnaies en conservant les mêmes dénominations.

Les écrivains des siècles postérieurs, en employant les mots de deniers, de sesterces, d'as, en faisaient l'application aux monnaies de leur temps. Il faut que cette licence ait été très-commune pour que Justinien ait cru devoir la réprimer par un article de son code (1) où il dit que l'on doit cesser d'employer dans les donations ces termes superflus, puisque les mots ne sont suivis d'aucune réalité.

Les poids furent différens dans presque toutes les villes, et les écrivains ont mis peu d'exactitude dans la manière dont ils ont présenté le rapport qui existait entre l'or, l'argent et le cuivre. Au milieu de toutes ces incertitudes, il s'en présente une autre qui naît de la différence de poids qui existe entre les pièces les plus semblables, quoique

(1) *Cod.*, liv. VIII, tit. 54, 1, 3 ?

l'on en trouve plusieurs avec l'indication de leur valeur.

Le talent était le poids le plus fort des Grecs. Il variait selon le pays. Le talent attique contenait 60 mines, la mine 100 drachmes ; mais le talent et la mine n'étaient qu'un nom collectif qui exprimait une valeur ; la drachme seule était un poids effectif, et l'on trouve plusieurs médailles de villes qui sont des didrachmes, tridrachmes et tétradrachmes, c'est-à-dire des pièces du poids de deux, trois et quatre drachmes.

Le statère d'argent valait quatre drachmes, et plusieurs auteurs l'assimilent au sicle des Hébreux. Le statère d'or est plus fréquemment cité par les auteurs anciens, et il répond à peu près à la double drachme attique. On trouve aussi des pièces d'or équivalentes, par leur poids, à quatre drachmes et plus.

L'obole était la sixième partie de la drachme attique. C'était une monnaie de bronze. On en composait les dioboles, trioboles et tétroboles, c'est-à-dire les doubles, triples et quadruples oboles dont Pollux parle comme des monnaies usuelles des Athéniens. Il existait aussi des semi-oboles, des quarts d'oboles, et même des pièces qui n'en étaient que la huitième partie. Le nom de *chalcos* qu'on donnait à ces dernières fait assez voir qu'elles étaient de cuivre.

CHAPITRE VI.

De la fabrication des monnaies.

Les monnaies des anciens sont, ou seulement coulées, ou fondues, et ensuite frappées.

Celles de la première espèce sont les plus anciennes monnaies ou plutôt les poids des peuples d'Italie; ce qui est assez visible par leur grandeur et la grossièreté du travail.

Quelques moules de médailles, en terre cuite, que l'on a trouvés, ont fait croire à plusieurs antiquaires que les anciens fondaient ou frappaient indifféremment leurs monnaies; mais il est plus naturel de croire que ces moules servaient à la fausse monnaie.

La fusion précédait nécessairement l'opération du marteau. On préparait de petites boules de métal, sur lesquelles se frappait ensuite l'empreinte; et les traces de la fusion se voient souvent autour de la pièce frappée. C'est ce qu'on appelle la *barbe*. Encore aujourd'hui, on emploie ce moyen pour frapper les pièces d'une grande dimension, afin que l'effet du feu et de la chaleur tempérant leur dureté, elles résistent moins au coin et au marteau.

Il est aisé de voir, par les médailles de deux métaux, et par celles où le cuivre est revêtu d'une feuille légère d'argent, que les anciens n'employaient pas toujours le procédé de la fusion. Le feu aurait formé un mélange qu'il eût été impossible d'empêcher; et puisque les anciens ont frappé ces pièces sans les couler, on ne peut nier qu'ils ne connussent les deux procédés. Il est indubitable qu'ils se servaient du marteau, puisqu'en parlant des monnaies, ils emploient les mots latins, *ferire*, *cudere*, *percutere*, *signare*, et en grec les mots analogues, qui dans l'une et l'autre langue signifient *frapper*, *marquer d'une empreinte*, etc.

On en trouve encore une preuve dans les mon-

— 38 —

naies *incuses*, c'est-à-dire celles qui offrent le même type en relief d'un côté et en creux de l'autre, ce qui provient de la maladresse ou de l'oubli de l'ouvrier, qui laissait une pièce sous celle qu'il allait frapper.

Souvent encore, on remarque que l'empreinte ne se trouve pas placée au milieu du globule préparé pour la recevoir, ce qui n'aurait pas lieu si elle était coulée dans un moule.

Les médailles *surfrappées* qui laissent apercevoir l'ancienne empreinte sous la nouvelle, sont encore une preuve que le métal n'a pas été préparé par la fusion.

Le creux que l'on aperçoit au milieu de quelques médailles de bronze, provient d'une pointe adhérente à la matrice, et qui servait à y fixer le globule de métal par le premier coup de marteau. Enfin les fentes, ou crevasses qui se trouvent au bord des pièces et qui vont en diminuant vers le centre, ne peuvent avoir été produites que par la force de la percussion.

Nous avons peu de renseignemens sur les instrumens du monnayage chez les anciens. Ils sont représentés sur un denier qui porte d'un côté une tête de Junon, avec le nom de *Carisius*; et sur le revers, on voit un marteau, des tenailles et une enclume surmontée du *coin* (Voy. la pl. de Médailles. On conserve dans plusieurs cabinets des coins antiques. Celui de France en possède quatre, dont l'un est d'une forme curieuse et inconnue jusqu'à présent (1).

(1) Voyez *Notice des monumens du cabinet des médailles et antiques*, par Dumersan.

Quant à la formule *flando* (qui doit être fondu), *feriundo* (qui doit être frappé), la première expression doit s'appliquer à la préparation des globules de métal faits pour être frappés, et la seconde atteste qu'ils étaient livrés au marteau, pour recevoir l'empreinte du coin. C'étaient les deux opérations principales de l'art du monnayage.

Les monétaires modernes donnent au *coin* le nom de *carré*. Le *marteau* a été remplacé par le *balancier* qui exerce une pression beaucoup plus forte. Les anciens ne connaissaient pas la virole, qui maintient les bords de la pièce et qui lui donne une forme parfaitement arrondie.

On appelle *flan* le morceau coupé dans une lame de métal fondu, et destiné à être frappé.

CHAPITRE VII.

De la forme et des diversités remarquables dans les monnaies anciennes.

Forme des monnaies.

La plupart des monnaies sont de forme ronde, à très-peu d'exceptions près ; mais leur rondeur n'est pas toujours parfaite. Les plus anciennes monnaies sont presque globuleuses.

Celles de l'Egypte, sous les Ptolémées, et sous les empereurs romains, sont taillées en biseau, comme un cône tronqué ; mais cette particularité ne se remarque que sur les médailles de bronze. Quelques-unes de celles de la Judée présentent la même forme.

Des pièces de peu d'épaisseur, concaves d'un côté et convexes de l'autre, en tout métal, se ren-

contrent fréquemment · parmi celles du bas-empire
d'Orient : c'est ce qu'on appelle des médailles en
forme de coupe, *nummi scyphati*.

Carré creux.

Les plus anciennes monnaies, en assez grand
nombre, offrent des pièces dont le revers est entièrement occupé par un creux produit par une
forte pression. Ce creux ne se trouve que sur les
médailles grecques, plus il est profond et in-
forme, plus la médaille annonce d'antiquité, et
plus elle se rapproche de l'origine de l'art monétaire. (Voy. la pl. des Méd., nᵒˢ 1, 2, 3.)

Le savant Barthélemy explique très-ingénieuse-
ment cette cavité dans son essai d'une palæographie
numismatique. Selon lui, lorsqu'on frappa les premières monnaies on n'imagina de donner une empreinte qu'à un seul côté de la pièce, comme dans
l'enfance de l'art typographique, on n'imprima des
caractères que sur un seul côté du papier.

Mais comme on pouvait craindre que le morceau
de métal destiné à être frappé ne s'échappât ou ne
changeât de place sous les coups réitérés du marteau,
on mit dessous un fer brut pour le retenir, ce qui
produisit cette cavité. Lorsque l'art eut fait quelques progrès, on donna à ce fer une forme plus
agréable. Le creux devint moins profond, on le di-
visa en plusieurs parties, et, bientôt après, il reçut
quelques figures, jusqu'à ce qu'enfin les deux
côtés de la médaille fussent également bien tra-
vaillés.

Le petit trou rond que l'on voit sur quelques
médailles, et entre autres sur celles des Ptolémées,
de quelques rois de Syrie, et de plusieurs villes de

la Phénicie, est probablement la trace d'une pointe qui maintenait le métal.

Médailles incuses.

Parmi les monnaies *incuses*, c'est-à-dire en relief d'un côté, et en creux de l'autre, les unes le sont par la faute des monétaires, et les autres ont été fabriquées ainsi exprès. On trouve de ces dernières dans plusieurs villes de l'Italie, et particulièrement de la Lucanie. (V. la pl. de Médailles).

Médailles dentelées.

On nomme ainsi des médailles dont le bord a été taillé en forme de dents ou de festons; on n'en trouve que parmi celles des rois de Syrie et des familles romaines. Cependant, le cabinet des médailles en possède une de la Macédoine (Mionnet, suppl. tome 3, p. 3, n° 8).

Médailles surfrappées.

Les médailles ont été surfrappées lorsqu'un peuple a voulu s'approprier ainsi une monnaie étrangère, ou lorsqu'il a voulu changer la valeur de sa propre monnaie. Des princes ont fait frapper leurs monnaies sur celles de leurs prédécesseurs; cela arrivait surtout, lorsqu'ils voulaient se hâter de signaler ainsi leur puissance, et qu'ils ne trouvaient pas assez tôt le métal nécessaire, ou peut-être encore, quand loin de Rome quelque usurpateur ne possédait pas tous les ustensiles propres à la fabrication de la monnaie. Cette particularité ne s'est pas encore rencontrée sur les monnaies d'or.

Il arrive aussi que le même type se trouve doublé, lorsque la pièce a glissé de dessous le marteau

et que le second coup a marqué son empreinte à
côté de la première.

Médaillons.

Les médaillons (1) sont des pièces plus grandes
que celles du module ordinaire, et qui sont souvent
encore agrandies par un entourage qui leur sert d'ornement. Cet entourage est quelquefois du même métal, et quelquefois d'un cuivre différent; alors on
appelle ces médailles *enchâssées*. Elles sont ordinairement d'un travail plus beau et plus soigné
que les médailles du module ordinaire. Ces pièces
de deux métaux ont quelquefois été frappées
après avoir été enchâssées, puisque souvent la légende se trouve imprimée sur les deux métaux à
l'endroit même de leur jonction.

On ne trouve ce genre de pièces que chez les
Romains. Ce n'était sans doute qu'une affaire de
luxe : il n'est pas probable que ces pièces aient eu
cours comme la monnaie.

Les médailles d'or sont aussi quelquefois enchâssées dans des bordures élégamment travaillées
par les anciens eux-mêmes, et sans doute c'était
pour les faire servir d'ornement. Il en est de même
des médailles d'argent sur lesquelles il reste des
traces de dorure.

Contorniates.

Ce nom a été donné à des médaillons de bronze,
autour desquels il y a un cercle ou *contour* indi-
qué en creux (2). Ces médaillons représentent les

(1) Du mot italien *medaglione*, grande médaille.

(2) Du mot italien *contorno*. Tous les mots qui viennent de
cette langue indiquent que c'est en Italie que l'on s'est occupé

traits de quelques princes romains, ceux d'Alexan-dre-le-Grand, ceux de quelques hommes illustres, et de quelques athlètes. Les revers offrent des sujets relatifs aux jeux du cirque, aux courses, aux chasses, ou à des particularités mythologiques. Le travail de ces pièces fait penser qu'elles ont été fabriquées vers le règne de Constantin; on suppose qu'elles servaient de *tessères*, ou de *marques* pour les jeux du cirque.

De la patine ou du vernis antique.

La *patine*, espèce de vernis dont le temps couvre les médailles, est un des signes caractéristiques de l'antiquité. Sur les unes, la couleur de la patine est verte, sur d'autres elle est bleue ou brune, selon la nature du cuivre et celle du terrain où elle a séjourné; et selon sa qualité, elle détériore une médaille ou ajoute à sa beauté. Quelquefois cette *patine* est si brillante et devient tellement inhérente au métal, qu'il serait impossible de l'entamer sans altérer la médaille qu'elle couvre. Les faussaires ont quelquefois voulu l'imiter avec du sel ammoniac, du vinaigre et des compositions factices; mais elle s'enlève toujours facilement, et il est aisé de reconnaître la fraude.

CHAPITRE VIII.

Du droit de battre monnaie.

De tout temps, le droit de battre monnaie fut celui du gouvernement. Le mot *autonomes* (1) est

de numismatique avant que cette science ne fût cultivée dans les autres pays de l'Europe.

(1) De αὐτός (autos, de soi) et νόμος (nomos, loi) *ses propres lois*.

celui par lequel on a coutume de désigner les monnaies qu'un peuple ou une ville a frappées de sa
propre autorité et dans la pleine jouissance de tous
les droits de sa liberté.

Les villes et les peuples qui se gouvernaient par
leurs propres lois ne mirent jamais sur leurs
monnaies d'autre nom que le leur, et lorsque nous
voyons sur des médailles les mots ΑΘΕΝΑΙΩΝ
(athenaiôn), ΘΕΣΣΑΛΩΝ (thessalôn), ΕΦΗΣΙΩΝ
(ephèsiôn) nous reconnaissons facilement que ce sont
des monnaies frappées par l'autorité des Athéniens,
des Thessaliens, des Éphésiens. Les monnaies les
plus anciennes de Rome, au temps de sa liberté, ne
portent d'autre inscription que le mot ROMA.

Des villes soumises à des rois obtinrent quelquefois la permission de frapper des monnaies, mais
le plus souvent à la condition d'y placer l'effigie ou
le nom du prince auquel elles obéissaient.

Nous en voyons des exemples sur les médailles
des villes de la Phénicie et de la Parthie, dont les
unes portent les têtes des rois de Syrie, les autres
celles des rois parthes. Aussitôt qu'elles eurent
reconquis leur *autonomie*, ou par la force, ou
par certaines conditions, elles firent disparaître
ces marques de servitude. Nous voyons la permission de frapper des monnaies accordée à Siméon,
prince de Judée, par Antiochus VII, roi de Syrie, en ces termes : « Je te permets de faire
» frapper ta propre monnaie dans ton pays (1). »

Les Romains, après avoir conquis un pays et
l'avoir rangé au nombre des provinces romaines,
joignaient quelquefois aux libertés qu'ils lui lais-
saient, celle de frapper sa monnaie. Ce droit se

(1) Machab., 1, c. 15, v. c.

conserva sous les empereurs, et c'est pourquoi nous voyons leurs images sur les médailles de tant de villes.

Les colonies romaines ne frappèrent non plus aucune monnaie sans permission, ainsi que le prouve l'inscription PERM. AVG. (*permisit Augustus*), PERM. PROC. (*permisit Proconsul*). par la permission de l'empereur, par celle du proconsul.

Rome libre n'accorda jamais le droit de battre monnaie, ni à aucun particulier, ni à aucun magistrat. Sylla, lui-même, qui pendant quelques années en fut le tyran et viola toutes les lois, n'osa attenter à celle-là.

Si l'on voit sur les monnaies romaines quelques têtes d'hommes célèbres, il est constant qu'elles y ont été placées après leur mort, avec permission du sénat et par les préfets monétaires qui illustraient ainsi leurs familles.

César fut le premier auquel cet honneur suprême fut accordé de son vivant par le sénat; l'exemple une fois donné, on continua de le suivre, et non-seulement les empereurs, mais les impératrices et leurs enfans eurent les honneurs de la monnaie.

Ni les médailles des Grecs, ni leurs écrivains, ne nous ont rien laissé sur ceux qui étaient chargés de faire frapper la monnaie, tandis que les médailles romaines nous les font connaître. C'étaient des triumvirs monétaires dont l'office se trouve rappelé sur les monnaies par cette inscription: III. VIR. A.A.A. FF., que l'on traduit ainsi: *Triumviri auro, argento, ære, flando, feriundo*, Triumvirs chargés de faire fondre et frapper l'or, l'argent et le bronze.

3.

Il serait singulier que les graveurs qui ont produit des médailles dont nous admirons la perfection, n'eussent point gravé leur nom sur leur ouvrage, tandis que les graveurs en pierres fines y ont souvent tracé le leur. Jusqu'ici l'on n'avait encore trouvé qu'un seul exemple d'un nom de graveur sur la monnaie, c'est celui de *Nevantos*, inscrit sur une pièce d'argent de Cydonia, ville de Crète, avec le mot ΕΠΟΕΙ (époei, *fecit*, a fait). On a quelquefois supposé que les monogrammes (plusieurs lettres groupées en un seul signe) placés sur la monnaie indiquaient les noms des graveurs.

Dans un mémoire nouvellement publié, M. Raoul-Rochette développe la conjecture ingénieuse de M. le duc de Luynes, que les noms placés dans certains endroits des médailles de Syracuse, sur des tablettes ou sur le bandeau de la tête de Proserpine, sont ceux des graveurs, parmi lesquels on lit les noms de *Evénètes*, *Euclides*, *Pasion*, etc. Sous les rois de France de la première race, l'on trouve aussi des noms de monétaires avec la désignation de leur qualité. *Eligius Mon.* (Éloi monétaire), etc.

CHAPITRE IX.

Des types.

On entend par type la figure d'un objet quelconque, animé ou inanimé, imprimée sur le métal. Beaucoup de médailles anciennes n'ont pas d'inscriptions, mais on n'en a jamais trouvé sans type.

Dans les commencemens de l'art monétaire,

beaucoup de médailles n'offraient un type que d'un seul côté, l'autre était creux (1). Bientôt ce creux reçut une forme, ensuite il fut orné de quelques figures, et enfin les deux côtés de la médaille devinrent aussi réguliers l'un que l'autre.

Les premiers types des médailles grecques furent des figures entières d'hommes, d'animaux, de plantes; ensuite, l'on y trouva les têtes des dieux, des héros ou des hommes célèbres, et enfin celles des rois et des princes.

Sur les médailles autonomes, le revers s'accorde assez ordinairement avec le côté de la tête. Ainsi les dieux et les déesses y ont leurs attributs ou les animaux qui leur sont consacrés. A la tête de Jupiter, on joint le foudre ou l'aigle; à celle d'Apollon, le trépied, la lyre, une branche de laurier; à Neptune, le trident; à Diane, un cerf ou un chien.

Quelques villes ont mis sur leurs monnaies des attributs particuliers; la chouette indique Athènes, le labyrinthe est représenté sur les médailles de Cnosse (ville de Crète). D'autres ont choisi pour type les productions de leur territoire; les médailles de Métaponte (dans la Lucanie sur le golfe de Tarente) portent un épi, et celles de Cyrène, ville qui donna son nom à *la Cyrénaïque*, le silphium : quelquefois on trouve sur les monnaies d'autres signes caractéristiques. Les Macédoniens et les Béotiens ont représenté leur bouclier; quelques villes ont fait des allusions à leur nom.

Les Romains employèrent les allégories et les symboles beaucoup plus que les Grecs qui, par

(1) Plus haut, chap. VII, p. 40.

religion, ont presque toujours pris leurs types dans les objets de leur culte.

Outre le type principal, on voit sur les médailles des figures plus petites, que l'on appelle symboles ou signes monétaires.

Les contre-marques sont des figures ou des lettres frappées après coup, soit pour changer la va-'eur de la pièce, soit pour lui donner cours dans ,e autre contrée, comme cela se pratique encore aujourd'hui dans plusieurs pays.

CHAPITRE X.

Des inscriptions ou légendes.

Dans les commencemens de l'art monétaire, on ne voit sur les médailles ni lettres, ni inscriptions, ce qui est cause que nous ignorons la véritable patrie de beaucoup de pièces des siècles les plus reculés; heureusement que l'on en a trouvé de semblables avec des inscriptions qui ont servi à reconnaître les autres. Par exemple, on avait long-temps ignoré de quelle ville pouvaient être des médailles de fabrique sicilienne qui n'avaient pour type qu'une feuille d'*ache*, plante qui ressemble au *persil*, lorsque l'on en trouva une semblable qui portait les lettres ΣΕΛΙ (*séli*), ce qui les fit attribuer à la ville de *Sélinunte*.

Quoiqu'il soit plus rare dans les temps postérieurs de trouver des monnaies sans légendes, cela arrive dans les villes qui avaient un type fixe et certain dont les autres ne se servaient point.

C'est ainsi que l'on voit le silphium sur les médailles de la Cyrénaïque; la rose, à Rhodes; un

Une feuille de peuplier blanc, empee Λεύκη, se trouve sur quelques médailles de Leucas, ville d'Epire, dont le nom signifie blanche.

vase d'une certaine forme , à Cume d'Éolide; le bouclier béotien , à Thèbes.

Tel est aussi l'usage des types parlans. *Cardia*, ville de Thrace, a pour type un cœur; l'île *Clide*, une clé; *Rhodes* , une rose (*Rhodon* en grec); *Side* , une grenade; *Selinunte* , une feuille d'ache ; *Ancône* , un coude. ✱

Il y a cependant des villes qui, dès l'origine de leurs monnaies , y ont inscrit leur nom. Quelques-unes se sont bornées à une lettre initiale ou au commencement du mot. Les inscriptions les plus simples sont celles des républiques ou celles des premiers âges. Lorsque les royaumes et les empires deviennent plus puissans, qu'ils sont dépravés par le luxe, ou qu'ils penchent vers leur décadence, les inscriptions deviennent diffuses, emphatiques et pleines d'expressions adulatrices, qui caressent l'ambition et la vanité des princes.

Ces inscriptions sont ordinairement tracées de gauche à droite comme dans notre écriture.

Il y en a cependant plusieurs qui sont tracées dans le sens opposé et qu'en conséquence on nomme *rétrogrades*. Elles se trouvent sur les médailles les plus anciennes des Grecs , sur les anciennes monnaies des Étrusques, des Samnites, des Osques, frappées dans les vi et viie siècles après la fondation de Rome.

Cette écriture rétrograde a été conservée par les peuples de l'Orient qui ont pris dans la Grèce l'art d'écrire.

L'écriture *Boustrophedon* (nom tiré du grec) est ainsi nommée parce qu'elle va d'un côté et revient de l'autre *comme le sillon que trace un bœuf.* On en a des exemples sur les médailles d'Agrigente,

celles de Naples , sur celles de Crotone et d'autres
villes.

La connaissance des différens dialectes est in-
dispensable à celui qui veut faire une étude ap-
profondie de la numismatique. C'est surtout lorsqu'il s'agit de classer les médailles des villes qui
portent le même nom. Le dialecte dorique, ionique,
ou éolien en fait voir l'origine.

Cependant , il est à remarquer que peu à peu
presque toutes les villes grecques, laissant leur dialecte originaire , en admirent un qui leur devint
commun. On en retrouve la preuve dans les colonies que les Macédoniens fondèrent en grand nombre dans tout l'Orient.

La forme des lettres grecques ayant beaucoup
varié selon les époques, on peut les étudier dans
le tableau qu'en a formé Eckhel (*Doctrina num.*
T. 1., p. 104), afin d'en faciliter la connaissance
pour l'explication des légendes.

CHAPITRE XI.

Époques de la numismatique.

L'histoire de l'art numismatique peut être par-
tagée en plusieurs époques qui sont déterminées par
la forme des médailles, celles des lettres et le style
du dessin.

La première époque commence avec l'art et se
termine au règne d'Alexandre Ier, roi de Macédoine (450 ans avant J.-C.). On ne se servait point
encore du bronze, les inscriptions étaient courtes,
la forme des lettres annonce leur ancienneté. Les
médailles sont rondes, épaisses, presque globuleu-

ses; la plupart ont une aire en creux; le dessin des figures est grossier.

La seconde époque commence à Alexandre Ier, et finit au commencement du règne de Philippe II (354 ans avant J.-C.): elle embrasse un siècle. Ce fut alors que parut Phidias, et que les arts commencèrent à fleurir dans la Grèce. Les figures commencent à avoir plus de grâce, et à devenir ou l'imitation plus parfaite de la nature, ou le premier essai du beau idéal. L'or et l'argent sont encore les métaux dominans; l'inscription n'a pas encore beaucoup d'étendue. Le métal s'aplatit et le diamètre de la médaille augmente. Un type commence à remplir l'aire en creux.

La troisième époque commence à Philippe II et se prolonge pendant trois siècles, qui sont les plus brillans de l'art monétaire (vers l'an de Rome 724; 30 ans avant J.-C.).

La quatrième époque commence à la fin de la république romaine, et va jusqu'au règne d'Hadrien (117 ans après J.-C.).

La cinquième époque se termine à Gallien (260 ans après J.-C.). Alors l'art monétaire ne cesse de décliner jusqu'au xve siècle de notre ère, celui de la renaissance des arts. Là commence la numismatique moderne dont l'étude, aussi vaste que celle de la numismatique ancienne, offre à l'histoire d'immenses matériaux.

CLASSIFICATION GÉOGRAPHIQUE

PEUPLES, VILLES ET ROIS,

DONT ON CONNAÎT DES MÉDAILLES.

———

EUROPA.

HISPANIA

In genere (en général).

LUSITANIA.

Amaia? (1). *Porto Léjo*
Balsa. *Tavira (muris)*
Cœre. *coura*
Colippo?
Ebora. *Ebora (murus)*
Emerita. *Merida*
Myrtilis. *Mertola*
Norba. *Brozas*
Ossonoba. *Gibraleon*
Pax julia. *Beja*
Salacia. *Alcazar do Sal*

BÆTICA.

Abdera. *Adra*
Abra.
Acinipo. *Ronda la vieja*
Amba.
Anticaria. *Antequera*

Aria ou Cunbaria. *e Marin*
Arva. *Alcolea del Roy*
Ascui ou Ascuta.
Asido. *Medina Sidonia*
Aspavia.
Asta. *Mesa d'Asta*
Astapa. *Estepa*
Augurina? *Santiago del High...*
Bailo. *Bolonia*
Barca. *Vera*
Callet. *Pruna*
Calpe. *Gibraltar ou Calp...*
Canaca? *Alcocer*
Carbula. *près Cordoba*
Carisfa. *Carmona*
Carmo. *Carmona*
Cartcia. *près d'Alg...*
Caura. *Coria*
Celti. *près de...*
Corduba et Patricia. *Cordoba*
Epora. *Montoro*
Gadès. *Cadix* ✳
Hispalis Romula.
Ilipa.

(1) Cette classification de l'Espagne est faite d'après Sestini. Les attributions douteuses sont marquées ainsi ? Il y a dans les autres contrées beaucoup d'attributions qui ne sont pas généralement admises et que j'ai omises à dessein.

✳ Iliberis (Granada, Mur...

{ Ilipla.
{ Ilipula.
{ Ilipense.
Iliturgi. *près Andujar.*
Ilurco. *près Granada*
Ipagro. *Aguilar*
Irippo. *Coripe.*
Italica. *Sevilla Santipon*
Iuci. *Castro del Rio et Bal.*
Julia. *Auti...vo ... Lucena*
Lacippo. . .
Lælia. *El Berrueche.*
Lastigi. *Zahara?*
(?) Luciferæ fanum. *s. lucar de*
Mirobriga. *Capilla. Serena*
Munda. *mov...*
Murgi. *Almeria.*
Nabrissa ou Nebrisa? *Lebrija.*
Nema. . .
Obulco. *Porcuna.*
Onuba. *Huelva.*
Orippo. *por Hortianer.*
Oste ou Ossot. *près Ronda.*
Sacili. *Carrucena.*
Salpesa. *près Facial Gerena.*
Searo. . .
Sisapo. *Guad el Cenis?*
Sisipo. *Almaden.*
Tartessus. . .
Traducta. *Algeciras.*
Tucci. *Porta...*
Ubia. *San Solucar del Juer*
Ulia. *Montemayor*
Urso. *Osuna.*
Ventippo. *Casariche*

TARRACONENSIS.

Acci. *Guadix ou...*
Æsona et Orgia. *Isona*
Aræ sestianæ. *Cap...*
Asturica. *Astorga.*
Ausa. . .
† Hispalis. *Romula*

Bedesa? . . .
Beleia ou Belita. *Belchite.*
Bersical. . .
Bilbilis. *Calatayud . mun*
Bursada. *Trillo.*
Cæsar-Augusta. *Zaragoza*
Calagurris fibularia. *Loarre. Num*
Calagurris nassica. . . .
Carthago nova. *Cartagena .*
Cascantum. *Cascante . mun*
Castulo. *Cazlona.*
Celsa. *Velilla de Ebro.*
Cissa ou Cissum. *Guissona.*
Clunia. *Coruña del conde.*
Dertosa. *Tortosa.*
Emporiæ. *Ampurrion . mun*
Equæsi. . . .
Ercavica. *Alilagrfos . mun.*
Gebala. . . .
Gili. . . .
Glandomirum. *Monteneredo.*
Graccurris. *Agreda . mun*
Helmantica. *Salamanca.*
Hemeroscopium. *Dirio . v. Horb.*
Ibe. . . .
Ildum ou Ilduni. . .
Ilercavonia. *Amposta . mun*
Ilerda. *Lerida . mun*
Ilici. *Elche.*
Libia? *Cin marbega.*
Libisosa? *Lezuza.*
Lobetum? *Albarracin.*
Meanenses? . . .
Merobriga. . . .
Nardinium? . . .
Orospeda? . . .
Osca. *Huesca . mun.*
Osicerda. *Chierta. muni.*
Ostur. . . .
Palantia. *Palencia.*
Rhoda. *Rosas.*
Sætabis. *S. Felipe . vel Xativa*

† Eretosta.

Lucifera fanum. Nul rectitréas à Malaca, Lindberg, p. 21.

Saguntum. *Murviedro*
Segobriga. *Segorbe*
Segovia. *Segovia*
Sepontia?   —
Sesaraca?   —
Setelsis?   —
Spalio?   — —
Tamarici?   —
Tarraco. *Tarragone*
Termisus?   —
Theforis? *Torella*
Toletum. *Tolède*
Turiaso. *Tarazona*
Urcesa. *Ucles*
Valentia. *Valence*
Virovesca. *Birbiesca*.

Incerti Hispaniæ.

Apora.   —
Bora.   —
Ipora.   —
Ceret.   —
Lont.   —
Olont.   —
Turri.   —

Il y a en Espagne des médailles autonomes, des coloniales, des impériales. Les légendes sont celtibériennes, latines ou bilingues. Quelques médailles portent des légendes phéniciennes.

Insula adjac. Hispan.

Ebusus. *Ibiza*

Reges vel magistratus hispani.

Il y a une grande quantité de ces pièces en argent et en bronze que l'on attribue à des chefs espagnols.

GALLIA.

AQUITANIA. *Aquitaine.*

Avaricum. Bourges (1).
Petrocorii? Périgueux.
Santones. Saintes.
Turones. Tours.

NARBONENSIS. *Narbonnaise.*

Antipolis. Antibes.
Avenio. Avignon.
Beterræ. Béziers.
Cabellio. Cavaillon.
Glanum. Saint-Remy.
Lacydon (port de Marseille).
Massilia. Marseille.
Nemausus. Nîmes.
Rhoda ou Rhodanusia?
Ruscino. Le Roussillon.
Segusia. Suze.
Vienna. Vienne.

VOLCÆ ARECOMICI.

Nemausus. Nîmes.

LUGDUNENSIS. *Lyonnaise.*

Abalio. Avalon.
Andecavi. Angers.
Aulerci Eburovices. Évreux.
Caballoduunm. Châlon sur-Saône.
Catalaunum. Châlons-sur-Marne.
Lugdunum copia, Lyon.
Remi. Reims.
Rothomagus. Rouen,

SEQUANI.

Vesontio. Besançon.

Ruscii - Auch.

Corsicenses.

Samnages - Senas?

(1) Nous ne donnerons les noms français que des médailles de la Gaule.

BELGICA. *Belgique.*
Col. Agrippina. Cologne.
Eburones. Liége.
Mediomatrici. Metz.
Tornacum. Tournay.
Virodunum. Verdun.

Reguli vel magistratus Gallici.

BRITANNIA.
Camulodunum. Colchester.
Cunetio. Kennet.
Solido?
Tascia?
Verulamium?

REGULI.
Cunobelinus.

GERMANIA?
ITALIA SUPERA.
Aquileia. id.
Ravenna. id.
Ticinum. Pavia

ETRURIA.
Camars. Chiusi
Cosa. orbetello
Fæsulæ. —
Faleria. *Voyez* Elis.
Graviscæ. -
Populonia. id.
Telamon. Talamone
Veientum.
Veterna. Rossa di Marremma
Vetulonia. id.
Volaterræ. Volterra

UMBRIA.
Ariminum. Rimini
Fanum. Fano
Iguvium. Gubbio
Insula Etrur. Elj.
Ilva. (dit l'Elbe

Pisaurum. Pesaro
Petinum. -
Tuder. Todi
Vettuna. Bettona

PICENUM.
Ancona. id.
Asculum. Ascoli
Hadria. Atri

VESTINI.

MARRUCINI.
Teate. Chieti

LATIUM.
Alba. Albano
Aquinum. Aquino
Aricia? Arriccia
Cora ou Sora. Cora
Marrubium. id.
Minturnæ. — id.
Palacium. —
Roma. id.
Signia. Segni
Tusculum? - Frascati
Veliternum. Velletri men
Verulæ. Veruli
Vescia. —

SAMNIUM.
Æsernia. Isernia
Alliphæ. —
Aquilonia. Lacedogna
Beneventum. Benevento
Corfinium. —
Meles. Melisano
Murgantia. —

FRENTANI.
Larinum. Larino

CAMPANIA.
Acerræ. Acerra
Atella. Sant Arpino

Veliternum. Etruria -

x + Numi Incerti Samnii.

Legend in oggier de latinum.
quelques unes portent ITALIA. elles
ne la forme et le dimatral en Consulaires.

Aurunci.
Calatia.
Cales.
Capua.
Compulteria.
Cossa.
Cumæ.
Hyrina ou Hyrium.
Neapolis.
Nola.
Nuceria Altaferna.
Phistelia.
Picentia.
Suessa.
Teanum.
Venafrum.

On place aux incertaines de la Campanie les médailles avec les légendes :

ROMA.
ROMAN.
ROMANO.

APULIA.

Acherontia.
Arpi.
Asculum.
Barium.
Canusium.
Grumum.
Luceria.
Neapolis.
Rybastini.
Salapia.
Teates.
Venusia.
Ureium.

CALABRIA.

Azetini.
Brundusium.
Butuntum.

Cœlium.
Graia Gallipolis.
Hydruntum.
Orra.
Salentini.
Sturnium.
Tarentum.
Uxentum.

LUCANIA.

Atinum.
Buxentum ou Pyxus.
Cosilynas.
Heraclea.
Laus.
Metapontum.
Palinurus molpis.
Posidonia.
Pæstum.
Phistulis.
Siris.
Sybaris.
Thurium.
Copia.
Velia.
Ursentum.

BRUTTII.

Caulonia.
Croton.
Hipponium-Valentia.
Valentia.
Locri Epizephyrii.
Medama et Mesma.
Nuceria.
Pandosia.
Peripolium Pitanata.
Petelia.
Rhegium.
Temesa.
Terina.
Valentia (vide hipponium).

Sora.

Vide Samnium. FITELIA pour ITALIA.

SICILIA.

Abacænum.
Abolla.
Acræ.
Adranus.
Ætna.
Agathyrnum.
Agrigentum.
Agyrium.
Alæsa.
Aluntium.
Amestratus.
Assorus.
Cæna.
Calacte.
Camarina.
Catana.
Centuripæ.
Cephalœdium.
Enna.
Entella.
Erbessus.
Eryx.
Eubœa.
Galatia.
Gela.
Heraclea.
Himera Thermæ.
Hybla magna.
Jæta.
Leontini.
Lilybæum.
Longone.
Mazara.
Megara.
Menænum.
Merusium?
Messana ou Zancles.
Mamertini.
Morgantia.
Motya.

Nacona.
Naxus.
Panormus.
Petrini.
Segesta.
Selinus.
Solus.
Syracusæ.
Tauromenium. *Talavina.*
Tyndaris.
Incerta Siciliæ.

Reges Siciliæ.

Gelo.
Hiero I.
Dionysius I.
Dionysius II.
Agathocles.
Hicetas II.
Hiero II.
Hieronymus.
Philistis.
Phintias, tyran. agrig.
Thero?

Insulæ vicinæ Siciliæ.

Cossura.
Gaulos.
Lipara.
Leopadusa.
Melita.
Sardinia.

CHERSONESUS TAURICA.

Heracleum.
Panticapeum.
Theodusia?

SARMATIA EUROPÆA.

Olbia.
Olbiopolis.
Tyra.
Achillea insula.

DACIA.

PANNONIA.

MOESIA SUPERIOR.

Dardania.
Pincum.
Viminacium.

MOESIA INFERIOR.

Callatia.
Dionysopolis.
Istrus.
Marcianopolis.
Nicopolis.
Tomi.

THRACIA.

Abdera.
Ænus.
Anchialus.
Apollonia.
Bizanthe.
Bizya.
Byzantium.
Cossea.
Cypsela.
Deultum.
Dicæa.
Hadrianopolis.
Maronea.
Mesembria.
Nicopolis.
Nysa.
Odessus.
Odrysii.

Amadocus. ⎫
Teres II. ⎬ *Reges.*
Seuthes. ⎭
Pautalia.
Perinthus.
ilea· Philippolis.
Plotinopolis.

Serdica.
Tempyra?
Topirus.
Trajanopolis.

Chersonesus Thraciæ.

Ægospotamus.
Æolium.
Alopeconnesus.
Cardia.
Cherronesus.
Cœla.
Crithote.
Eleus.
Lysimachia. *Madytus.*
Sestus.

Insulæ ad Thraciam.

Imbros Lemnus?
Hephæstia. *Lemni.*
Myrina?
Samothracia.
Thasus.

Reges Thraciæ.

Seuthes III.
Lysimachus.
Cavarus.
Cotys II.
Cotys III.
Sadales II.
Rhœmetalces I.
Cotis V.
Rhescuporis.
Rhœmetalces II.

ILLYRICUM.

Amantia.
Apollonia.
Biludium.
Byllis.
Daorsi.
Dyrrachium.

Monunius *rex Dyrr*.
Enchefii.
Olympo.
Scodra.

Insulæ.

Issa.
Pharus.

Reges.

Demetrius.
Gentius.
Ballæus.
Zarias.

GRÆCIA.

PÆONIA.

Nysa.

Reges.

Andoleon.
Eupolemus.
Lycceius.
Patraüs.

MACEDONIA.

Macedonia Romana.

Acanthus.
Ænia ou Ænea.
Amphaxus.
Amphipolis.
Aphytis.
Apollonia.
Berga.
Berhæa.
Bisaltae.
Bottiæa.
Cassandrea.
Gassera.
Chalcis.
Dium.
Edessa.
Eion.

Euridicea.
Heraclea sintica.
Adæus, tyrannus.
Lete.
Mende.
Neapolis.
Olynthus.
Orestæ.
Orthagoria.
Ossa.
Pella.
Phila.
Philippi.
Pydna.
Pythium.
Scione.
Scotussa.
Stobi.
Terone.
Thessalonica.
Trælium.
Tyrissa.
Uranopolis.

Reges Macedoniæ.

Amyntas I.
Alexander I.
Perdiccas II.
Archelaüs I.
Æropus III.
Pausanias.
Amyntas II.
Alexander II.
Perdiccas III.
Philippus II.
Alexander III, magnus.
Philippus III, Arideus.
Cassander.
Philippus IV.
Alexander IV.
Antigonus, Asiæ *rex*.
Demetrius I, Poliorcètes.

Antigonus I, Gonatas.
Demetrius II.
Antigonus II, Doson.
Philippus V.
Perseus.
Philippus VI. Andriscus.
T. Q. Flamininus, consul.

THESSALIA.

Ænianes.
Argesa.
Atrax.
Cierium.
Crannon.
Ctemene.
Demetrias sacra.
Elatea.
Gomphi.
Gyrton.
Heraclea.
Homolium.
Lamia.
Lapithæ.
Larissa.
Magnesia.
Malienses.
Minyæ.
Mopsium.
Œtæi.
Othrytæ.
Pelinna.
Perrhæbia.
Phacium.
Phalanna.
Pharcadon.
Pharsalus.
Pheræ.
Alexander, *tyrannus.*
Proerna.
Scotussa.
Thibros?

Tricca.
Tisiphon, *tyrannus.*
Insul. adjac. Thessal.
Halonesus.
Peparethus.
Sciathus.

EPIRUS.

Ambracia.
Butbrotum.
Cassope.
Damastium.
Horreum?
Molossi.
Nicopolis.
Oricus.
Pandosia.
Phœnicape.
Thesprotia regio.

Reges Epiri.

Neoptolemus.
Alexander I.
Phthia.
Pyrrhus.
Alexander II.
Ptolemæus?

CORCYRA *Insula.*

Cassope.

ACARNANIA.

Alyzia.
Anactorium.
Amphilochium.
Argos. Amphilochium.
Heraclea.
Leucas.
Metropolis?
Œniadæ.
Stratos.
Thyrrheum.

+ Actium ?

ÆTOLIA.

Apollonia.
Athamanes.
Calydon.
Naupactus.

LOCRIS.

Amphissa.
Axia?
Locri Epicnemidii.
Locri Ozolæ.
Locri Opontii.
Thronium.

PHOCIS.

Anticyra.
Delphi.
Elatea.
Medeon.

BOEOTIA.

Anthedon?
Aspledon.
Cheronea?
Copæ.
Coronea.
Delium.
Erythræ.
Ismenæ.
Mycalessus.
Orchomenus.
Pelecania.
Pharæ.
Platæa.
Potniæ?
Tanagra.
Thebæ.
Thespiæ.
Thisbe.

ATTICA.

Athenæ.
Azetini.

Eleusis.
Megara.
Oropus.
Pagæ.

Insulæ.

Ægina.
Helena.
Salamis.

PELOPONESUS.

ACHAIA.

Ægialus.
Ægira?
Ægium.
Corinthus.
Patræ.
Pellene.
Phlius.
Rhypæ?
Sicyon.

ELIS.

Euridicium.
Phea.
Pylus.

Insulæ.

CEPHALLENIA.

Cranium.
Pallenses.
Proni.
Same.

ZACYNTHUS.

ITHACA.

MESSENIA.

Amphea?
Colone.
Corone.
Cyparissia.
Mothone.

NUMISMATIQUE.

4

Pytus.
Thuria.

LACONIA,

Asopus.
Bœa.
Gythium.
Lacedæmon,
Las.

Reges Lacedem

Agesilaüs.
Areus.
Cleomenes.

CYTHERA *insula.*

ARGOLIS.

Argos.
Asine.
Cleone.
Epidaurus.
Hermione.
Methana.
Thyrea.
Trœzen.
Irene, *insula.*

ARCADIA.

Alea.
Asea.
Basilis.
Caphya.
Charisia.
Clitorium.
Eva?
Heræa.
Mantinea.
Megalopolis.
Orchomenus.
Pallanteum.
Pheneus.
Phigalea.
Psophys.

Stymphalus.
Tegea.
Aleus, *rex.*
Thelpusa.
Thysoa.

CRETA *insula.*

Allaria.
Apollonia.
Aptera.
Arcadia.
Argos.
Arsinoe.
Axus ou Oaxus.
Ceraïtæ.
Chersonesus.
Cnossus.
Cydonia.
Cyparissus.
Eleutheræ.
Elyrus.
Gortyna.
Hierapytna.
Hyrtacus.
Itanus.
Lampa ou Lappa.
Lasos.
Lissus.
Lyttus.
Olus.
Petra.
Phæstus.
Phalanna.
Phalasarna.
Polyrhenium.
Præsus.
Priansus.
Rhaucus.
Rhithymna.
Saxus ou Axus.
Sybritia.
Tanos.
Tegea.

Cerinthus.

Scyros. fuassio.

Thalassa.
Tylissus.
Thera *insula*.

EUBOEA.

Artemisium?
Carystus.
Chalcis.
Eretria.
Histiæa.

INSULÆ ÆGÆI.

Amorgus.
Ægiale.
Anaphe.
Andros.
Ceos ou Cea.
    Carthæa.
    Coresia. } *urbes Ceæ.*
    Julis.
    Pocesa.
Cimolis.
Cythnos.
Delos.
Gyaros.
Ios.
Melos.
Myconos.
Naxos.
Paros.
Pholegandros.
Scyros.
Seriphos.
Sicinos.
Syphnos.
Syros.
Tenos.
Thera.

ASIA.

BOSPHORUS CIMMERIUS.

Gorgippia.

Phanagoria.

COLCHIS.

Dioscurias.

PONTUS.

Amasia.
Amisus.
Cabira.
Cerasus.
Chabacta.
Comanæ.
Gaziura.
Laodicea.
Neo-Cæsarea.
Pharnacia.
Pimolisa.
Sarbanissa.
Sebastopolis.
Trapezus. — Trébizonde
Zela.

Reges Ponti et Bosphori.

Leuco II ou III.
Pærisades II.
Mithridates III.
Pharnaces I.
Mithridates V, Evergetes.
Mithridates VI, Eupator.
Pharnaces II.
Asander.
Mithridates, Pergamenus.
Polemo I.
Pythodoris, *regina.*
Polemo II.
Tryphæne, *regina.*

Bosphori solius Reges.

Sauromates II
Gepæpiris, *regina.*
Rhescuporis I.
Mithridates.
Cotys I.

Rhescuporis. II.
Sauromates III.
Cotys II.
Rhœmetalces.
Eupator.
Sauromates III.
Rhescuporis.
Cotys III.
Sauromates IV.
Cotys IV.
Ininthimeïus.
Rhescuporis IV.
Sauromates V.
Teiranes.
Thotorses.
Sauromates VI.
Rhescuporis V.
Sauromates VII?

PAPHLAGONIA.

Aboni-tichos.
Ægialus.
Amastris. *Aulares?*
Cromna.
Germanicopolis.
Neoclaudiopolis.
Ionopolis.
Pompeiopolis.
Sebaste.
Sesamus.
Sinope.
Pylæmenes, *rex.*

BITHYNIA.

Alyatta.
Apamea. Myrlaea.
Claudiopolis. Bithynium.
Cæsarea.
Chalcedon.
Cius. Prusias ad Marc.
Cratia.
Dia.
Flaviopolis.

Hadriani.
Hadrianopolis.
Hadrianotheræ.
Heraclea.
Thimotheus et Dionys, *reges heracl.*
Amastris, *regina.*
Juliopolis.
Nicæa.
Nicomedia.
Prusia ad Olympum.
Prusias ad Hypium.
Prusias ad mare.
Pythopolis.
Tium.

Reges Bithyniæ.

Nicomedes I.
Prusias I.
Prusias II.
Nicomedes II, Epiphanes.
Nicomedes III, Epiph.
Oradaltis, *regina.*
Musa Orsobaris, *regina.*

MYSIA.

Abbæti mysi.
Adramytium.
Antandrus.
Apollonia.
Assus.
Astyra.
Atarnea.
Cisthene.
Cyzicus.
Gargara.
Gergytus.
Germe.
Lampsacus.
Miletopolis.
Parium.
Pergamus.

Placia.

Napi ou Naïl.

Modaios?	*Reges*	Erythræ.
Philetairus.	*Pergami.*	Gambrium.
Piona.		Heraclea.
Pitave.	*Eumene*	Lebedus.
Poemaneni.	*Attale*	Magnesia.
Perperene.		Metropolis.
Poroselene.		Miletus.
Priapus.		Neapolis.
Proconnesus, *insula.*		Phocæa.

TROAS.

Abydus.
Alexandria-Troas.
Arisba.
Dardanus.
Ilium.
Neandria.
Ophrynium.
Scepsis.
Sigeum.
Thebe.
Tenedos, *insula.*

ÆOLIA.

Ægæ.
Cyme.
Elæa.
Larissa.
Myrhina.
Neontichos.
Lemnus.

LESBOS *insula.*

Antissa.
Eresos.
Methymna.
Mytilene.

IONIA.

Apollonia.
Cadme priene.
Clazomene.
Colophon.
Ephesus.

Phygela.
Priene-Cadme.
Smyrna.
Teos.

Insulæ Ionicæ.

Chios.
Icaria.
Pathmos.
Samos.

CARIA.

Aba.
Alabanda.
Alinda.
Antiochia.
Aphrodisias
Apollonia.
Bargasa.
Bargylia.
Calynda.
Ceramus.
Cnidus.
Cyon.
Dædala.
Eriza.
Erippe.
Europus.
Halicarnassus.
Harpasa.
Heraclea.
Hydrela. Hyllarima
Iasus.
Medmasa.

4.

Mylasæ.
Myndus.
Nysa.
Orthosia.
Plarasa.
Prenassus. *foupo ottichetion*
Pyunus.
Stratonicea.
Tabæ.
Telomissus.
Trapezopolis.
Tripolis.

Reges Cariæ.

Hecatomnus.
Mausolus.
Artemisia.
Hidricus.
Pixodarus.
Othontopates.

Insulæ ad Cariam.

Astypalea.
Calymnaï
Cos.
Nisyros.
Rhodus.
Astyra.
Camirus.
Telos.

LYCIA.

Antiphellus
Apœrræ.
Apollonia.
Araxa.
Arycanda.
Corydallus.
Cragus.
Cyancæ.
Limyra.
Massicytes.
Myra.

Olympus.
Patara.
Phaselis.
Phellus.
Podalia.
Rhodia.
Tlos.
Trabala.
Xantus.

PAMPHYLIA.

Aspendus.
Attalia.
Casa.
Etenna.
Isindus.
Magidus.
Panemotichos.
Perga.
Pogla.
Side.
Sillyum.

PISIDIA.

Adada.
Amblada.
Antiochia.
Apollonia.
Baris.
Conane.
Cremna.
Hadrianopolis.
Laodicea.
Lyrbe.
Milyas.
Olbasa.
Oroanda?
Pednelissus.
Prostanna.
Sagalassus.
Sandalium.
Seleucia.
Selge.

Termessus.
Tityassus.

ISAURIA.

Carallia.
Claudiopolis?
Isaurus.
Lalassis.

LYCAONIA.

Coropissus.
Iconium.
Parlaïs.
Savatra.

CILICIA.

Adana.
Ægæ.
Alexandria.
Amanienses.
Anazarbus, quæ et Cæsarea.
Anemurium.
Antiochia.
Argos.
Augusta.
Celendris.
Colybrassus.
Coracesium.
Corycus.
Diocæsarea.
Doron.
Epiphanea.
Flaviopolis.
Hieropolis.
Iotape.
Irenopolis.
Lacanatis.
Laerte.
Mallus.
Megarsus.
Mopsus.
Mopsuestia.
Nagydus.

Nephelis.
Olba.
Polemon.
Ajax. } *Sacerd. et Prin. Olbæ.*
Sebaste.
Seleucia.
Soli.
Pompeiopolis.
Syedra.
Tarsus.
Zephyrium.

Insula ad Ciliciam.

Eleusa vel Sebaste.

Reges Ciliciæ.

Tarcondimotus I.
Philopator.

CYPRUS *insula.*

Salamis.
Evagoras, rex Cypri.
Clides, *insula.*

LYDIA.

Acrasus.
Aninesum.
Apollonia.
Apollonidea.
Apollonos hieron.
Asia.
Attalia.
Aureliopolis.
Bagæ.
Blaundos.
Briula.
Caystriani.
Cilbiani.
Daldis.
Dioshieron.
Gordus Julia.
Gabala.
Hermocapeli.

Hermupolis.
Hierocæsarea.
Hypæpa.
Hyrcania.
Mæonia.
Magnesia.
Mastaura.
Mossina.
Mostene.
Nacrasa.
Pactolei.
Philadelphia.
Sætteni.
Sardes.
Silandus.
Tabala.
Themenothyræ.
Thyatira.
Thyessus.
Tmolus.
Tomarena.
Tralles.

PHRYGIA.

Acmonia.
Aezanis.
Alia.
Amorium.
Ancyra.
Apamea.
Attæa.
Attuda.
Attusia.
Blaunda.
Briana.
Bruzus.
Cadi.
Ceretape.
Cibyra.

Amyntas. ⎫
Moagetes. ⎬ *Reges Cybiræ*
Chotis. ⎭
Cidramus.
Cidyessus.
Colossæ.
Conium.
Cotiæum.
Diococlia.
Dionysopolis.
Docimeum.
Dorilæum.
Epictetus.
Eucarpia.
Eumenia.
Hierapolis.
Hyrgalea.
Ipsus.
Julia.
Laodicea.
Lysias.
Metropolis.
Midæum.
Mococlia.
Nacolea.
Otrus.
Peltæ.
Philomelium.
Prymnessus.
Sala.
Sebaste.
Sibidunda.
Siblia.
Stectorium.
Synaos.
Synnada.
Themisonium.
Tiberiopolis.
Timbrias.
Trajanopolis.

Trimenothyræ.
Midas, *rex*.

GALATIA.

Ancyra.
Germe.
Pessinus.
Sebaste.
Tavium.
Tectosages.
Tolistobogi.
Trocmi.

Reges.

Bitovius.
Bitoviogogus.
Bitucus.
Cæantolus.
Psamytes.
Ætolobus.
Brogitarus.
Dejotarus.
Amyntas.

CAPPADOCIA.

Castabala.
Comana.
Cybistra.
Eusebia Cæsarea.
Saricha.
Tyana.

Reges.

Ariarathes IV.
Ariarathes V.
Ariarathes VI.
Ariarathes VII.
Ariarathes VIII.
Ariobarzanes I.
Ariobarzanes II.
Ariobarzanes III.
Ariarathes X.
Archelaüs.

Antiochus XII.
Tigranes.
Antiochus XIII, asiatic.

COMMAGENE.

Antiochia ad Euphratem.
Doliche.
Germanicia Cæsarea.
Samosata.
Zeugma.

Reges Commagenes.

Antiochus IV.
Iotape.
Gallinicus et Epiphan.

CYRRHESTICA.

Beroea.
Cyrrhus.
Hieropolis.

CHALCIDENE.

Chalcis.
Ptolemaeus. Tetrarchus.
Lysanias, *rex.*

PALMYRENE.

Amphipolis.
Palmyra.

Reges Palmyræ.

Zenobia.
Athenodorus.
Vabalathus.

SELEUCIS et PIERIA.

Antiochia.
Apamea.
Arethusa.
Balanea.
Emisa.
Epiphanea.
Gabala.
Julia.

Laodicea.
Larissa.
Myriandrus.
Nicopolis Seleucidis.
Paltos.
Rephanea.
Rosus.
Seleucia.

COELESYRIA.

Capitolias.
Damascus.
Aretas, *rex.*
Heliopolis.
Laodicea ad Libanum.
Leucas.

TRACHONITIS ITURÆA.

Cæsarea-Panias.
Gaba.
Neronias.

DECAPOLIS.

Abila leucas.
Antiochia ad Hippum.
Canatha.
Dium.
Gadara.
Gerasa.
Pella.
Philadelphia.

PHOENICIA.

Berytus.
Botrys.
Byblus.
Cæsarea ad Libanum.
Demetrias.
Dora.
Marathus.
Orthosia.
Sidon.
Tripolis.

Dionysius, *rex*.
Tyrus.
Aradus, *insula*.

GALILÆA.

Ace. Ptolemaïs.
Diocæsarea Sepphoris.
Ptolemaïs.
Sepphoris.
Tiberias.

SAMARITIS.

Cæsarea.
Diospolis.
Ioppe.
Neapolis.
Nysa.
Scythopolis.
Sebaste.

IUDÆA.

Ælia Capitolina.
Agrippias Anthedon.
Ascalon.
Azotus.
Eleutheropolis.
Gaza.
Nicopolis.
Raphia.

Duces et Reges Judææ.
Simeon.
Alexander Jannæus et
Jonatan.
Antigonus.
Herodes Magnus.
Archelaüs.
Herodes Antipas.
Philippus.
Agrippa Magnus.
Herodes III.
Agrippa II.
Zenodorus.

ARABIA.

Adraa.
Bostra.
Esbus.
Moca.
Petra.
Philippopolis.
Rabathmoma.

MESOPOTAMIA.

Anthemusia.
Carrhæ.
Edessa.

Mannus.
Abagrus I, } *Reges*
II et III. } *Edessæ*.
Maiozamalcha.
Nicephorium.
Nisibi.
Rhesæna.
Seleucia.
Singara.
Zayta.

BABYLONIA.

Timarelus, *rex*.

ASSYRIA.

Niniva· Claudiopolis.

PARTHIA.
Reges.

Arsaces a I ad XXX.
Mnaskyres.
Meherdates.

PERSIA.

*Reges à Cyro ad postre-
mum Darium*.

REGES SASSANIDÆ.

Artaxerces.
Sapor I.
Hormisdas I.

Vararanes I, II, III.
Narses.
Sapor II, III.

BACTRIANA.

Reges.

Theodotus I, II
Euthydemus.
Heliocles.
Eucratides I.

CHARACENE.

Reges.

Tiræus.
Artabazes.
Attambilus.
Adinnigaüs.
Monneses.
Artapanus.

AFRICA. REGES AEGYPTI.

Ptolemæus I, Soter.
Berenice.
Ptolemæus II, Philadelph.
Arsinoe.
Ptolemæus III, Everget.
Berenice.
Ptolemæus IV, Philopator.
Arsinoe.
Ptolemæus V, Epiphanes.
Ptolemæus VI, Philometor.
Ptolemæus VII, Evergetes.
Physcon.
Ptolemæus VIII, Soter vulgo Lathyrus.
Cleopatra. Selene.
Ptolemæus IX. Alexander.
Ptolemæus X. Alexand. II.
Ptolemæus XI. Neos Dionysos. Auletes.
Ptolemæus XII. Dionysos.
Ptolemæus XIII.

Cleopatra. M. Antonii.
Cleopatra et Antonius.
Ptolemæi Incerti.

NOMI ÆGYPTII.

THEBAÏS.

Antæopolites.
Apollonopolites.
Coptites.
Diospolis, magna.
Hermonthites.
Hermopolites.
Hypseliotes.
Latopolites.
Lycopolites.
Panopolites.
Tentyrites. *Thinites.*

HEPTANOMIS.

Aphroditopolites.
Arsinoïtes.
Cynopolites.
Heracleopolites.
Memphites.
Oxyrinchites.

DELTA.

Busirites. *Athribites*
Cabasites.
Leontopolites. *Bubastites.*
Mendesius.
Naucratis. *Metelites.*
Onuphis.
Phteneus.
Prosopites.
Saïtes.
Sebennytes.
Sethroites.
Tanites.
Thinites.
Xoïtes.

Nomi extra Delta.

Alexandria.

Cynæcopolites
Heliopolites.

Arabia.
Bubastites.
Marcotes.
Menelaites.
Neout.
Nicopolites.
Oasis magna.
Ombites.
Onuphites.
Pharbætites. Pelusium.

Nomi prope Arabiam.

Athribites.
Heroopolites.

Nomi incerti.

Pynamis.
Pelusium.
Alexandria.

LYBIA.

CYRENAICA.

Arsinoe.
Barce:
Cyrene.
Enessiphira.
Heraclea.
Ptolemaïs.
Læa, *insula.*

Regas.

Ophilon.
Magas.
Ptolemæus-Apion.

SYRTICA.

Æa?

Leptis, magna.
Ocea.

BYZACENE.

Achulla.
Hadrumetum.
Thapsum.

ZEUGITANA.

Carthago.
Clupea.
Hippo-Libera.

UTICA.

Clodius Macer, proprætor.

Reges Vandali.

Gunthamundus.
Trisamundus.
Hildericus.
Gelimarus.

MAURETANIA.

Iol. Cæsarea.
Babba.

Reges.

Bocchus.
Juba I.
Juba II.
Cleopatra.
Ptolemæus.

Nomi incerti Africæ.

Nomi Barbarorum

Nomi cum litteris ignotis.

ALPHABET GREC.

La langue grecque a vingt-quatre lettre, dont voici

la figure,		le nom,		la valeur.
1	Α α	Ἄλφα	alpha	a.
2	Β β ϐ	βῆτα	bêta	b.
3	Γ γ	γάμμα	gamma	g.
4	Δ δ	δελτα	delta	d.
5	Ε ε	ἐψιλὸν	epsilon (e *parvum*)	e *bref.*
6	Ζ ζ	ζῆτα	zêta	z.
7	Η η	ἦτα	êta	ê *long.*
8	Θ θ ϑ ϴ	ϑῆτα	thêta	th.
9	Ι ι	ἰῶτα	iôta	i *voyelle.*
10	Κ κ	κάππα	kappa	k, c.
11	Λ λ	λάμϐδα	lambda	l.
12	Μ μ	μῦ	my (*prononcez* mu)	m.
13	Ν ν	νῦ	ny (*prononcez* nu)	n.
14	Ξ ξ	ξῖ	xi	cs, gs, x.
15	Ο ο	ὀμικρὸν	omicron (o *parvum*)	o *bref.*
16	Π π	πῖ	pi	p.
17	Ρ ρ	ῥῶ	rho	r.
18	Σ ϲ σ ς	σῖγμα	sigma	s.
19	Τ τ	ταῦ	tau	t.
20	Υ υ	ὐψιλὸν	hypsilon (*pron.* hupsilon)	y, u *français.*
21	Φ φ	φῖ	phi	ph.
22	Χ χ	χῖ	chi	ch.
23	Ψ ψ	ψῖ	psi	ps, bi.
24	Ω ω	ὠμέγα	oméga (o *magnum*)	ô *long.*

VOCABULAIRE GREC,

NUMISMATIQUE.

La nomenclature précédente a donné les noms des peuples, des régions, des villes et des rois. Il est aisé de les reconnaître dans les légendes grecques, soit qu'on les y lise en entier, soit qu'il n'y en ait que les initiales. Dans cette seconde nomenclature, on aura, figurés en grec, tous les autres mots qui se trouvent sur les médailles, tels que les surnoms des dieux et des princes, les noms des héros, des fleuves, des jeux, les titres des magistrats, en un mot, à peu près tout ce qui se rencontre sur les médailles et dont l'interprétation offrirait quelques difficultés aux personnes qui n'ont pas fait une étude particulière de la langue grecque, ce qui peut arriver à beaucoup d'amateurs, gens du monde, ayant peu le temps d'étudier. Il leur sera sans doute fort commode de trouver ici une explication de ces mots, qui les mettra à même de classer plus facilement leurs médailles.

A. *Alpha.* Première lettre de l'alphabet grec. Lettre numérale, elle vaut 1.
ΑΓΑΘΟΣ. Bon, courageux, vaillant.
ΑΓΑΘΟΔΑΙΜΩΝ. Bon génie.
ΑΓΑΘΟΔΑΙΜΟΝΙ. Au bon génie.

ΑΓΑΘΗ. Bonne, Ἀγαθὴ τύχη, bonne fortune.
ΑΓΙΟΣ. Saint.
ΑΓΙΑ. Saints, *nom. et acc. plur. neutre.*
ΑΓΟΡΑΙΟΣ. *Forensis,* du mot *agora*, place où se rendait
    la justice. Surnom donné à Jupiter.
ΑΓΡΕΥΣ. (hasseur. Surnom d'Aristée, fils d'Apollon et
    de Cyrène.
ΑΓΩΝ. Combat, jeu.
ΑΓΩΝΟΘΕΤΗΣ. Agonothète, président ou quelquefois fon-
    dateur des jeux.
ΑΔΕΛΦΑΙ. Sœurs.
ΑΔΕΛΦΗ. Sœur.
ΑΔΕΛΦΟΙ. Frères.
ΑΔΕΛΦΩΝ. Des frères, ou plus souvent du frère et de la
    sœur.
ΑΔΕΛΦΩΝ ΔΗΜΩΝ. Des peuples frères.
ΑΘΛΑ. Récompenses données aux vainqueurs dans les jeux.
    Præmia certaminum.
ΑΚΡΑΙΟΣ. *Acréen.* Elevé, ou encore gardien de la citadel-
    le. Surnom de Jupiter. Ζεὺς Ἀκραῖος, Jupiter Acréen.
ΑΚΤΙΑ. Les jeux Actiaques, célébrés en l'honneur d'Apol-
    lon Actiaque.
ΑΚΤΙΟΣ. Actius ou Actiaque, surnom d'Apollon.
ΑΜΜΩΝ. *Ammon,* surnom donné à Jupiter dans la Li-
    bye, où il était adoré sous la forme d'un bélier.
ΑΜΦΙΝΟΜΟΣ. *Amphinome,* jeune Sicilien, célèbre, ainsi
    que son frère *Anapis,* pour sa piété filiale. Ils sau-
    vèrent leurs parens d'une éruption du mont Etna,
    en les emportant sur leurs bras.
ΑΝΑΠΙΑΣ. *Anapis,* frère d'Amphinome.
ΑΝΕΘΗΚΕ. *Posuit, dedicavit, obtulit,* donna, dédia, offrit.
ΑΝΘΥΠΑΤΙΚΗ. Proconsulaire.
ΑΝΘΥΠΑΤΟΣ. Proconsul.
ΑΝΤΙΣΤΡΑΤΗΓΟΣ. Antistratége, propréteur.
ΑΞΟΣ. Axus, fleuve.
ΑΞΥΡ. *Axur* ou *Anxur,* sans barbe. Surnom de Jupiter.
ΑΠΑΣΩΝ. De toutes, ou de tous ; il répond au latin *om-
    nium.*
ΑΠΗΝΗ. Char traîné par deux mules ou par quatre
    chevaux.
ΑΠΟΛΛΩΝ. Apollon, fils de Jupiter et de Latone, et frère
    jumeau de Diane.

ΑΙΜΟC. ~~noplidos Dillnos~~
Mœsie inférieure,
(Nicopolis. Julia Domna.)

ΑΙΤΟΥ. du premier (Senat)

ΑΝΤΩΝΕΙΝΟC Antonin

ΑΠΟΙΚΩΝ ΠΟΛΙΩΝ. Deductarum
aut Missarum Urbium (in coloniam)
Des villes conduites ou envoyées en colonie.

ΑΠΟΛΛΩΝΙ. A Apollon.

ΑΠΟΛΛΩΝΟΣ. D'Apollon.

ΑΡΓΑΙΟΣ. Le mont Argien ou Argeus.

ΑΡΓΕΛΑΔΗΣ. Pèlerin, t. III. p. 450, douteuse.

ΑΡΓΕΙΑ. *Argiva*, d'Argos. Surnom de Junon, Ἥρα Ἀργεία.

ΑΡΓΩ. L'Argo, nom du vaisseau des Argonautes.

ΑΡΕΘΟΣΑ. Aréthuse, fontaine.

ΑΡΕΩΣ. *Génitif* du mot *Ares*, Mars.

ΑΡΕΩΣ. *Gén.* du nom d'Areus, roi de Sparte.

ΑΡΗΣ. Mars.

ΑΡΙΣΤΑ. La meilleure, *optima*.

ΑΡΙΣΤΟΣ. Le meilleur, *optimus*.

ΑΡΠΥΙΑΙ. Les Harpyies, monstres moitié femmes, moitié oiseaux.

ΑΡΤΕΜΙΔΟΣ. De Diane.

ΑΡΤΕΜΙC. Diane.

ΑΡΧΑΓΕΤΑ. Archagète, surnom d'Apollon, qui signifie chef, conducteur.

ΑΡΧΗΓΕΤΗC. Archégète, chef, conducteur. Surnom d'Apollon.

ΑΡΧΗΓΕΤΗΙ. Datif du mot précédent Ἀπολλῶνι Ἀρχηγέτῃ, à Apollon Conducteur.

ΑΡΧΙΕΡΕΥΣ. Souverain pontife.

ΑΡΧΙΕΡΕΩΣ. Du souverain pontife.

ΑΡΧΟΝΤΟΣ. *Gén.* de *Archôn*. Prince, archonte.

ΑΣΙΑΡΧΗC. Asiarque, magistrat proconsulaire d'Asie.

ΑΣΙΑΡΧΟΥ. *Gén.* du mot précédent.

ΑCΚΛΗΠΕΙΑ ou ΠΙΔ. *Asclepia*, fêtes et jeux en l'honneur d'Esculape.

ΑCΚΛΗΠΙΟC. Esculape, fils d'Apollon.

ΑΣΤΑΡΤΗΣ. Astarte, *Vénus céleste*.

ΑCΥΛΟC. Asile.

ΑΥΓΟΥCΤΑ ou Η, *Augusta*.

ΑΥΓΟΥΣΤΙΑ ou ΕΙΔ. *Augustea (certamina)*, jeux en l'honneur d'Auguste.

ΑΥΓΟΥCΤΟC. Auguste.

ΑΥΤΟΚΡΑΤΟΡΙ. À l'empereur.

ΑΥΤΟΚΡΑΤΟΡΟC. De l'empereur.

ΑΥΤΟΚΡΑΤΩΡ. Autocrate, empereur.

ΑΥΤΟΝΟΜΟΣ. Autonome, se gouvernant librement.

ΑΥΤΟΝΟΜΟΥ. *Gén.* du mot précédent.

ΑΦΙΕΡΩCΙC. Consécration.

× ΑΡΚΑCΙ (Τοις) des Arcadiens.

ΑΤΕΛΕΙΑC. Immunitas a tributis.
(Alabanda Cariae.)

B. *Beta*, deuxième lettre des Grecs. Cette lettre dans les nombres marque deux, deux fois, second, pour la seconde fois.

ΒΑΣΙΛΕΑ. *Accus. sing. masc.* de *Basileus*, roi.

ΒΑΣΙΛΕΥΣ. Roi.

ΒΑΣΙΛΕΩΣ. *Gén.* du mot précédent.

ΒΑΣΙΛΙΣΣΑ. Reine.

ΒΑΣΙΛΙΣΣΗΣ. *Gén.* du mot précédent.

ΒΕΛΤΙΣΤΟΥ. *Optimi* (gén.), bon, courageux.

ΒΟΥΛΑΙΟΣ. Conseiller. Surnom de Jupiter.

ΒΟΥΛΗ. Conseil, curie, sénat.

ΒΟΗΘΕΙ. Aide-nous (*adjuva*), mot d'ordre d'Alexis Comnène.

ΒΩΜΟΥΣ. *Acc. plur. masc.* de *Bômos*, autel.

ΒΩΤΑ. Vœux.

Γ. *Gamma*, troisième lettre de l'alphabet grec. Le gamma dans les nombres marque trois, troisième, trois fois et pour la troisième fois. Il est souvent employé pour K.

ΓΑΙΟΣ. Caius.

ΓΕΡΟΥΣΙΑ. Le sénat ou le collége des vieillards.

ΓΛΑΥΚΟΣ. Glaucus, dieu marin.

ΓΛΑΥΚΟΣ. Glaucus, fleuve de Carie.

ΓΝΩΜΗ. Décret. Γ. Β. pour Γνώμη Βουλῆς, *senatus-consulto*, par un décret du sénat.

ΓΝΩΡΙΜΟΣ. Illustre.

ΓΛΑΥΞ. Chouette.

ΓΛΥΚΩΝ. Nom d'un serpent à tête humaine. **Nom propre.**

ΓΟΡΔΙΑΝΕΙΑ. Les jeux Gordianéens célébrés en **Lydie**, en l'honneur de Gordien le Pieux.

ΓΡΑΜΜΑΤΙ. (*Dat.*) écrit, décret.

ΓΡΑΜΜΑΤΕΥΣ. Scribe

ΓΡΑΜΜΑΤΕΩΣ. *Gén.* du mot précédent.

ΓΡΥΝΑΙΟΣ. *Grynæus*, surnom d'Apollon.

ΓΡΥΦΟΥ. (*Gén.*) *Gryphi*, surnom d'Antiochus VIII.

ΓΥΝΗ. Femme, épouse.

Δ. *Delta.* Quatrième lettre de l'alphabet grec. **Signe numéral**, elle marque quatre, quatrième, quatre fois, pour la quatrième fois; quelquefois elle signifie δέκα, dix.

ΒΟΗΘΕΙ. *Adjuva.*

ΔΑΙΜΩΝ. Génie (*genius*).

ΔΑΜΑΤΗΡ. Cérès.

ΔΑΜΝΕΥΣ. *Domitor*, vainqueur.

ΔΕΚΑΕΤΗΡΙΣ. *Decennium*, espace de dix ans.

ΔΕΚΑΤΟΥ. (*Gén.*) Dixième.

ΔΕΣΠΟΙΝΑ. Princesse. Il répond au mot *domina* des Latins.

ΔΕΣΠΟΤΗΣ. Maître, despote. (Ce titre n'est en usage que dans le Bas-Empire).

ΔΕΥΣ. Pour Ζεὺς, Jupiter.

ΔΕΥΤΕΡΑΣ. De la seconde (*Voyez* les médailles), de la seconde province de la Macédoine.

ΔΕΥΤΕΡΟΓ. Gén. absolu de Δεύτερος, second.

ΔΗΜΑΡΧΙΚΟΣ. De tribun. Δημαρχικὴ ἐξουσία, puissance tribunitienne.

ΔΗΜΗΤΕΡ. Cérès. *Vocat* de Δημήτηρ.

ΔΗΜΗΤΗΡ. Cérès.

ΔΗΜΗΤΡΙΑ. *Demetria* (*certamina*), jeux en l'honneur de Cérès.

ΔΗΜΙΑ. Fêtes publiques.

ΔΗΜΟΣ. Peuple.

ΔΙΑ. Pendant, à travers. Ce mot répond à la préposition *per* des Latins.

ΔΙΔΡΑΧΜΟΝ. *Double-drachme.*

ΔΙΔΥΜΕΥΣ. *Didymeus*, surnom d'Apollon.

ΔΙΚΑΙΟΣ. Juste.

ΔΙΚΑΙΟΣΥΝΗ. Justice.

ΔΙΚΤΥΝΝΑ. *Dictynna*, nymphe de l'île de Crète.

ΔΙΝΔΥΜΗΝΗ. *Dindymène*, surnom de Cybèle du mont Dindyme en Phrygie.

ΔΙΟΝΥΣΙΟΣ. *Dionysius*, surnom d'un Ptolémée.

ΔΙΟΝΥCΟC. Bacchus, né de Jupiter et de Sémélé.

ΔΙΟΣ. *Gén.* de Ζεὺς, Jupiter.

ΔΙΟΣΚΟΥΡΟΙ. *Dioscures*, Castor et Pollux.

ΔΟΓΜΑΤΙ ΣΥΝΚΛΗΤΟΥ. (*Senatus-consulto*). Par sénatus-consulte.

ΔΩΔΕΚΑΤΟΥ. *Duodecimo* (*anno*), gén. absolu, 12e année.

ΔΩΚΙΜΟΣ. Docimus, fondateur de la ville de *Docimeum*, en Phrygie.

ΔΡΑΓΜΗ ou ΔΡΑΧΜΗ. Tout ce que la main peut tenir d'oboles, qui toutes ensemble font une drachme. C'était à la fois un poids et une monnaie. Les différentes

sortes de drachmes étaient la drachme attique, égi-
néenne, égyptienne. corinthienne et éphésienne.
ΔΥΝΑΣΤΟΥ. (*Gén.*) du Dynaste. (Méd. de Polémon).
ΔΥΟ. Deux.

E. *Epsilon*, cinquième lettre de l'alphabet grec. Dans
   les nombres, elle marque cinq, cinquième et pour
   la cinquième fois.
ΕΑΛΩΚΥΙΑΣ. (*Gén.*) Prise, *partic. parf.* du verbe *aliskó*,
   je prends, je m'empare.
ΕΒΔΟΜΗ. (*Fém.*) Septième.
ΕΔΩΚΕΝ. *Dedit*, a donné.
ΕΘΗΚΕΝ. Voyez ΑΝΕΘΗΚΕ. *Dicavit.*
ΕΘΝΑΡΧΟΣ. *Éthnarque*, gouverneur d'un pays.
ΕΙΡΗΝΗ. La paix.
ΕΛΕΥΘΕΡΑ. (Fém.). Libre.
ΕΛΕΥΘΕΡΑΣ. *Gén.* du mot précédent.
ΕΛΕΥΘΕΡΙΑ. La liberté.
ΕΛΕΥΘΕΡΙΑΣ. *Gén.* du mot précédent.
ΕΛΕΥΘΕΡΙΟΣ. Libérateur, surnom de Jupiter.
ΕΛΕΥΘΕΡΟΣ. Libre.
ΕΛΛΑΝΙΟΣ. (Forme dorique), favorable aux Grecs.
ΕΛΠΙC. L'espérance. Ἐλπὶς Σεβαστή, *spes augusta.*
ΕΜΒΡΑCΙΟC. Montant sur le vaisseau, surnom d'Apollon.
ΕΝ. Dans (Ἐκ pour Ἐν).
ΕΝΔΕΚΑΤΟΥ. (*Gén.*) *Undecimo*, onzième.
ΕΝΔΟΞΟΥ. (*Gén. masc.*), illustre.
ΕΝΝΕΑ. Neuf.
ΕΝΝΟΝΙΔΙΑ. *Ennonidia* (*certamina*). Jeux Ennonides.
ΕΝΤΙΜΟΥ. (*Gén.*), honorable.
ΕΞΟΥCΙΑ. Pouvoir, puissance.
ΕΞΟΥCΙΑC. *Gén.* du mot précédent.
ΕΠΑΡΧΕΙΑ. De la province.
ΕΠΙ. Sous (probablement avec un sous-entendu, le nom
   de magistrat étant constamment au génitif).
ΕΠΙΔΗΜΙΑ. Arrivée, événement.
ΕΠΙΜΕΛΗΤΗΣ. *Procurator.* Président des jeux, etc.
ΕΠΙΝΕΙΚΙΑ. *Victricia certamina.* Jeux célébrés en mé-
   moire d'une victoire.
ΕΠΙΤΡΟΠΟΥ. *Gén.* Du président des jeux (*Procuratoris*).
ΕΠΙCΗΜΟC. *Insignis*, illustre, célèbre.

ΕΠΙΣΤΑΤΗΣ. *Curator*. Intendant, préfet.
ΕΠΙΦΑΝΙΑ. *Adventus*. Arrivée. Ce mot signifie plus proprement l'action *de luire sur*.
ΕΠΙΦΑΝΗΣ. Brillant, illustre.
ΕΠΙΦΑΝΟΥΣ. *Gén.* du mot précédent.
ΕΠΟΙΕΙ. *Faciebat*, faisait. Εποεῖ, forme ionienne.
ΕΡΩΤΟΣ. *Amoris. Gén.* de *Eros*, l'Amour.
ΕΡΜΗΣ. Hermès, Mercure.
ΕΡΜΟΣ. Hermus, fleuve de l'Asie Mineure.
ΕΤΟΥΣ. *Anni.—Gén.* de *Etos*, an.
ΕΥΕΡΓΕΤΗΣ. Evergète, bienfaisant.
ΕΥΘΗΝΙΑ. *Euthénie*, abondance, heureux succès.
ΕΥΛΟΓΙΑ. Actions de grâces, louange.
ΕΥΜΕΝΗΣ. Bienveillant; de là, parironie, les Euménides.
ΕΥΠΑΤΟΡΟΣ. *Gén.* du mot suivant.
ΕΥΠΑΤΩΡ. *Eupator*. Qui a un bon ou un illustre père.
ΕΥΡΓΑΣΤΗΣ pour ΕΡΑΣΤΗΣ. Ouvrier.
ΕΥΡΩΜΕΥΣ. *Euromeus*. Surnom de Jupiter, qui lui vient de la ville d'Euromus.
ΕΥΡΥΠΥΛΟΣ. Eurypyle, héros représenté sur les médailles de *Patras*.
ΕΥΣΕΒΕΙΑ. La piété.
ΕΥΣΕΒΕΙΑΣ. (*Gén.*) De la piété.
ΕΥΣΕΒΗΣ. Pieux.
ΕΥΣΕΒΟΥΣ. *Gén.* du mot précédent.
ΕΥΤΕΡΠΗ. Euterpe, une des Musés.
ΕΥΤΥΧΕΙ. Est heureux, du verbe Εὐτυχεῖν, être favorisé de la fortune.
ΕΥΤΥΧΗΣ. Heureux.
ΕΥΦΡΑΤΗΣ. Euphrate, fleuve qui prend sa source dans l'Arménie.
ΕΥΦΡΟΣΥΝΗ. Euphrosyne, une des Grâces.
ΕΦΟΡΟΣ. Ephore, magistrat de Lacédémone ; répondait à peu près au tribun du peuple des Romains.
ΕΧΟΝΤΟΣ. *Habente* (*Gén. absolu*), ayant.

Ζ. *Zéta*, sixième lettre de l'alphabet grec. Dans les nombres, cette lettre marque sept.
ΖΕΥΣ. Jupiter, gén. Διός.

Η. *Eta*, septième lettre de l'alphabet grec. Dans les

5.

nombres , l'*éta* marque huit , huit fois et huitième.
Cette lettre était anciennement un signe d'aspiration; elle ne fut employée dans l'alphabet que depuis Simonide.

ΗΓΕΜΟΝΙΑ. Empire , commandement.

ΗΓΕΜΩΝ. Général, chef.

ΗΛΙΑ. *Helia* (*certamina*). Jeux célébrés en l'honneur d'Apollon ou du Soleil qui se dit en grec, *Hélios*.

ΗΛΟΙ. Les soleils.

ΗΛΙΟΣ. Le soleil.

ΗΜΕΡΑ. Le jour.

ΗΡΑ. *Hera*, Junon.

ΗΡΑΣ. *Gén.* du mot précédent.

ΗΡΑΚΛΕΙ. *Herculi*, à Hercule. *Datif* du mot ΗΡΑΚΛΗΣ.

ΗΡΑΚΛΕΟΥΣ. *Herculis*. — *Gén.* du mot suivant.

ΗΡΑΚΛΗΣ. Hercule.

ΗΡΑΚΛΙΑ. *Heraclia certamina*, jeux en l'honneur d'Hercule.

ΗΡΑΜΕΝΟΣ. Élu , pour remplacer le prince pendant son absence.

ΗΡΩ. Héro , prêtresse de Vénus et amante de Léandre.

ΗΡΩΑ. *Heroem*. — *Acc.* du mot suivant.

ΗΡΩΣ. Héros ; les têtes et les noms de plusieurs héros et fondateurs de villes, se trouvent sur les *médailles*.

ΗΥΨΑΣ pour Υψας. L'Hypsas, fleuve de Sicile.

ΗΦΑΙΣΤΟΣ. *Hephaistus*, Vulcain.

Θ. *Thêta*, huitième lettre des Grecs, qui a pris son nom de l'hébreu *Theth*. Parmi les nombres elle exprime neuf , neuvième ou pour la neuvième fois. Sur les anciens monumens , il est quelquefois facile de la confondre avec l'O , quand le point ou le trait du milieu a disparu. Le thêta a eu diverses formes, selon les époques.

ΘΑΛΑΣΣΑΝ. (*Acc.*) La mer.

ΘΕΑ. *Dea*, déesse.

ΘΕΑΝ. *Deam*. *Accus.* du mot précédent.

ΘΕΑΣ. *Deæ*, gén. sing. *Deas*, acc. plur.

ΘΕΙΟΥ. *Gén.* de *theios*, divin.

ΘΕΟΓΑΜΙΑ. Les Théogamies, fêtes en l'honneur de Pluton et de Proserpine.

ΘΕΟΙ. (*Plur.*) Les dieux.

ΗΓΕΜΩΝ. *Præses*. gouverneur. on met ou vu ce titre que sur les Méd. des villes de la Thrace . c'était l'équivalent du Proprætor, et on appelait ainsi le Magistrat envoyé par l'Empereur.

ΘΛΑΣΤΟΣ. *thlastos,* ...

ΙΠΠΩΝ.

ΘΕΟΙΣ. *Diis,* aux dieux. *Datif pl.* du mot suivant.

ΘΕΟΣ. *Deus,* Dieu.

ΘΕΟΥ. *Gén.* du mot précédent.

ΘΕΟΛΟΓΟΥ. Du théologue, interprète des choses sacrées.

ΘΕΟΣ. *Deum. Accus.* de *Theos.*

ΘΕΟΠΑΤΩΡ. *Theopator,* qui a un dieu pour père.

ΘΕΣΕΥΣ. Thésée.

ΘΕΩ. *Deo,* au dieu. *Datif* de *Theos.*

ΘΕΩΝ. *Deorum,* des dieux. *Gén. pl.* de *Theos.*

ΘΗΣΕΛ. *Acc.* —*Theseum,* Thésée.

ΘΗΤΑ. *Acc.* — *Servum,* esclave.

ΘΥΓΑΤΗΡ. *Filia,* la fille.

I. *Iota,* neuvième lettre des Grecs. C'est le *jod* des Hébreux, des Samaritains et des Phéniciens. Il est le signe de l'as ou de la livre. Le même signe se retrouve sur l'as oncial, lorsque l'as fut réduit à une once, après la seconde guerre punique. Cette lettre se trouve sur des médailles du Bas-Empire, tantôt entre deux astres, tantôt dans une couronne de lauriers : on la voit comme signe monétaire, sur des médailles de famille romaine. Comme lettre numérale elle vaut dix.

ΙΑΚΧΟΣ. *Iacchus.*

ΙΔΑΙΑ. *Idéenne,* surnom de Cybèle.

ΙΕΡΑ. Sainte, sacrée, surnom de ville.

ΙΕΡΑΙ. *Nominatif plur.*

ΙΕΡΑΝ. *Accusat. sing.* } du mot précédent.

ΙΕΡΑΣ. *Gén. sing.*

ΙΕΡΕΙΑ. Jeux sacrés.

ΙΕΡΕΥΣ. Prêtre.

ΙΕΡΕΩΣ. *Gén.* du mot précédent.

ΙΛΙΑΔΟΣ. (*Gén.*) Iliade, v. les méd. de Smyrne. Surnom de Pallas.

ΙΠΠΑΡΙΣ. *Hipparis,* fleuve de Sicile, qui arrosait la campagne de Camarina.

ΙΣΘΜΙΑ. *Isthmia,* les jeux Isthmiques, célébrés en l'honneur de Neptune, sur l'isthme de Corinthe.

ΙΣΘΜΙΟΣ. *Isthmius,* surnom de Neptune.

ΙΣΤΡΟΣ. *Istrus,* Ister ou Danube.

ΙΧΘΥΣ. *Ichthus.* Emblème du rédempteur sur les boucliers et les enseignes, pour *Jesus Christus.*

κ. *Kappa*, dixième lettre des Grecs. Dans les nombres, elle exprime *vingt*, ou *vingtième*. Le C chez les Latins a remplacé le K des Grecs, qu'on rencontre rarement parmi les lettres latines. Cette lettre a la même valeur que le *koph* des Phéniciens.

ΚΑΒΕΙΡΙΑ. *Cabiria*, jeux en l'honneur des trois dieux Cabires.

ΚΑΒΕΙΡΟϹ ou ΚΑΒΙΡΟϹ. *Cabire*. Les Cabires étaient au nombre de trois; c'étaient des dieux qui apprirent aux hommes à employer le fer et l'airain.

ΚΑΙ. Et.

ΚΑΙΣΑΡ. César.

ΚΑΙΣΑΡΑ. *Cæsarea certamina*.

ΚΑΙΡΟΣ. *Temps*. Εὐτυχεῖς καιροί, *felicia tempora*.

ΚΑΥϹΤΡΟϹ. *Caystrus* ou *Cayster*, fleuve de Lydie.

ΚΑΛΥΚΑΔΝΟΣ. *Calycadnus*, fleuve de la Cilicie.

ΚΑΛΛΙΝΙΚΟϹ. *Callinicus*, surnom de quelques rois de Syrie.

ΚΑΛΛΙΡΟΗ. *Callirhoé*, fontaine de Syrie, près d'Antioche.

ΚΑΛΛΙΤΥΧΗ. *Bona fortuna*, bonne fortune.

ΚΑΛΛΟΣ. Beauté.

ΚΑΛΟΣ. Beau.

ΚΑΛΟΥΜΕΝΟΣ. Nommé, participe passif de *Caleó*, je nomme, j'appelle.

ΚΑΜΑΡΕΙΤΗϹ. *Camarites*, surnom du dieu Lunus.

ΚΑΠΕΙΤΟΛΙΕΥΣ. *Capitolin*.

ΚΑΠΕΙΤΩΛΙΑ. *Jeux Capitolins*, célébrés en l'honneur de Jupiter.

ΚΑΠΕΙΤΩΛΙΑ. Capitolins.

ΚΑΠΙΤΟΛΙΝΟΣ. *Capitolin*, surnom de Jupiter.

ΚΑΠΡΟΣ. *Capros*, fleuve qui arrose Laodicée, en Phrygie.

ΚΑΡΒΩΝ. *Carbon*, surnom de la famille *Papiria*.

ΚΑΡΙΟΣ. *Carius*, carien, surnom donné à Jupiter, en Carie.

ΚΑΣΙΟΣ. *Casius*, surnom de Jupiter.

ΚΑΤΑ. Préposition qui répond à la préposition *ad* des Latins, Κατ' Ἰσσον, *ad Issum*, vers l'*Issus*.

ΚΑΤΑΔΟΥΛΩΣ. Qui a soumis.

ΚΑΤΑΙΒΑΤΗΣ. *Catæbates*. Surnom de Jupiter foudroyant. *fulgurator*, parce qu'il lance la foudre du haut en bas.

ΚΑΛΛΙΝΙΚΟΣ. Suprême vainqueur.

ΚΑΤΕΒΑΤΟΥ Genitif. ΚΑΤΕΒΑΤΗϹ

ΚΑΤΑΠΛΟΥΣ. Arrivée de vaisseaux dans une ville.

ΚΑΤΩ. *Dessous, au-dessous.* Κιλβιάνων τῶν κάτω, des Cilbiens inférieurs.

ΚΕ. Lettres numérales qui marquent l'année 25.

ΚΕΓΧΡΙΟΣ. *Cenchrius,* fleuve qui prend sa source en Asie, et traverse l'Ionie.

ΚΕΝΑΡΕΙΣΕΙΑ ou ΚΕΝΔΡΕΙΣΙΑ. *Cendresia certamina,* les jeux Cendrésiens, les jeux Pythiens institués ou renouvelés par Cendris ou Cendrisius.

ΚΕΡΑΥΝΙΟC. *Ceraunius,* qui lance la foudre, surnom de Jupiter.

ΚΕΡΑΥΝΟC. *Foudre,* surnom de Séleucus III.

ΚΕΣΤΙΟC. *Cestius,* petite rivière de Mysie.

ΚΕΣΤΡΟΣ. *Cestrus,* fleuve de Pisidie.

ΚΉΡΟΝΟΣ. Au lieu de *chronos,* le temps.

ΚΗΤΕΙΟC. *Ceteius* pour *Cetius,* nom de fleuve.

ΚΙΒΩΤΟΣ. *Cibotus,* surnom de la ville Apamée en Phrygie.

ΚΛΑΖΟΜΕΝΗ. La déesse *Clazomène,* la même que Cybèle.

ΚΛΑΡΙΑ. *Claria,* surnom de *Diane.*

ΚΛΑΡΙΟΣ. *Clarius,* surnom du frère de Diane, *Apollon.*

ΚΛΑΥΔΙΑ. *Claudia,* surnom donné à *Leucas,* ville de Célésyrie.

ΚΟΙΛΗ. *Adj. f.* Courbe ou creuse; surnom donné à la Syrie, d'où le mot Célésyrie.

ΚΟΙΝΑ (Ασίας). *Communia Asiæ (certamina).* Ces jeux étaient nommés communs, parce qu'ils étaient célébrés aux frais de toutes les villes de l'Asie.

ΚΟΙΝΟΒΟΥΛΙΟΝ. Assemblée générale.

ΚΟΙΝΟΝ. Commun à toutes les villes d'une province.

ΚΟΙΝΟΣ. Sous-entendu Ἀγών, jeux communs.

ΚΟΙΝΩΝΙΑ. Communauté.

ΚΟΛΟΦΩΝΙΑ. *Colophonia.* Surnom de Diane.

ΚΟΛΩΝΙΑ. Colonie.

ΚΟΜΟΔΕΙΑ. *Comodiana (certamina),* jeux célébrés en l'honneur de Commode.

ΚΟΜΟΔΕΙΟΣ. Sous-entendu ἀγών, jeux Commodiens.

ΚΟΜΟΔΙΑΝΗ, *comodiana,* surnom de la ville Egée, en Cilicie.

ΚΟΡΑ. *Jeune fille;* surnom d'Abdère, *Abdera puella.*

ΚΟΡΑ ou ΚΟΡΗ. Vierge, nom donné par les médailles à Proserpine.

ΚΟΡΟΙ. *Pueri.*

ΚΟΡΥΦΑΙΟΣ. *Coryphæus*, surnom de Jupiter.
ΚΟΡΩΝΙC. *Coronis*, mère d'Esculape.
Κ. Ρ. Τ. Abréviation de Carthage (Καρτάγω).
ΚΡΑΤΗΣΙΣ. La *force*, le *courage*.
ΚΤΙΣΑΣ. Qui a fondé.
ΚΤΙΣΤΗΝ. *Accus.* du mot suivant.
ΚΤΙΣΤΗΣ. Fondateur.
ΚΤΙΣΤΟΥ. *Gén.* du mot précédent.
ΚΥΔΝΟΣ *Cydnus*, fleuve de Cilicie.
ΚΥΡΗΝΗ. *Cyrène*, nymphe avec la tête tourrelée.
ΚΥΡΙΑ. *Domina*, surnom de Diane.
ΚΥΡΙΕ. (*Voc.*) *Domine*, seigneur.
ΚΥΡΙΟΣ. Qui répond au *Dominus* (seigneur) des Latins.
    Il se trouve sur des médailles du Bas-Empire.
ΚΥΡΙΟΥ. *Gén. sing.* du mot précédent.
ΚΥΡΙΩΝ. *Gén. plur.* du même mot.
ΚΩΡΗ (ainsi) pour ΚΟΡΗ. Vierge, surnom de Proserpine.

Λ. *Lambda*, le *lamed* des Hébreux. C'est la onzième
    lettre de l'alphabet grec : lettre numérale, elle
    marque 30. Elle a différentes formes.
Λ. Abréviation de *Lycabas*, année. Λ. Δεκάτου, la dixième
    année.
ΛΑΡΑΣΙΟΣ. *Larasius*, surnom de Jupiter.
ΛΑΣΙΟΣ. Surnom de Bacchus.
ΛΒ. Lettres numérales, marquent le nombre 32.
ΛΓ. Lettres numérales, expriment le nombre 33.
ΛΕΑΝΔΡΟΣ. *Léandre*, Amant de Héro.
ΛΕΓΕΩΝ. Légion.
ΛΕΣΒΙΣ. *Lesbia*, surnom de Sappho.
ΛΕΥΚΑΣΠΙΣ. *Leucaspis*, portant un bouclier blanc.
ΛΕΥΚΟΦΡΥΣ. *Leucophrys*, surnom de Diane, aux blancs
    sourcils.
ΛΕΩΣ. Attique, pour Λαός, peuple.
ΛΗΤΩ. Latone.
ΛΗΤΩΕΙΑ. *Latonia* (*certamina*), jeux en l'honneur de
    Latone.
ΛΙΒΑΝΟΣ. Le *Liban*, la plus haute montagne de la Syrie.
ΛΟΓΓΕΙΝΑ. *Longina*, surnom de Domitia, femme de
    l'empereur Domitien.
ΛΥΚΙΟΣ. *Lycius*, surnom de Jupiter.
ΛΥΔΙΟΣ. *Lydius*, surnom de Jupiter.

ΛΥΚΟΥΡΓΟΣ. *Lycurgue*, roi et législateur de Sparte.
ΛΥΚΟΣ. *Lycus*, fleuve de Phrygie, qui prend naissance au mont Cadmus, et se jette dans le Méandre.
ΛΥΣΙΟΣ. *Lysius*, surnom de Bacchus.
Λ, Φ. Lettres numérales, an 530.

M. *Mu*, cette lettre est la douzième de l'alphabet. Lettre numérale, elle vaut 40.
ΜΑΙΑΝΔΡΟΣ. *Méandre*, fleuve de l'Asie Mineure.
ΜΑΓΝΟΣ. C'est le nom latin, *Magnus*, conservé en grec avec les noms propres des hommes qui reçurent ce titre.
ΜΑΚΡΕΙΝΙΑΝΗ. *Macriniana*, surnom de Tarse, en Cilicie, de l'empereur *Macrin*.
ΜΑΛΕΑ. *Malea*, promontoire de Laconie, redouté des matelots.
ΜΑΡΝΑ ou ΜΑΡΝΑΣ. *Marnas*, divinité qui, au sentiment de plusieurs auteurs, représentait Jupiter.
ΜΑΡΣΥΑΣ. *Marsyas*, il y a deux fleuves de ce nom, l'un en Syrie et l'autre en Phrygie.
ΜΑΡΩΝΟΣ. *Maronos*, nom propre.
ΜΕΓΑΛΑ. Grande.
ΜΕΓΑΛΗ. Grande.
ΜΕΓΑΣ. Grand.
ΜΕΓΕΘΕΙ. *Dat.* de *Megethos*, grandeur.
ΜΕΓΙΣΤΟΣ. Très-grand, le plus grand.
ΜΕΛΗΣ. Le Melès, fleuve de l'Ionie.
ΜΗΝ. *Lunus*, dieu adoré en Asie.
ΜΗΝΗ. La lune, adorée comme une divinité.
ΜΗΝΟΣ. *Gén.* de *Mén*, le mois.
ΜΗΤΗΡ et ΜΗΤΥΡ. La mère.
ΜΗΤΡΟΠΟΛΕΩΣ. De la métropole. *Gén. sing.* du mot suivant.
ΜΗΤΡΟΠΟΛΙΣ. Métropole.
ΜΟΝΩΝ. *Génitif plur.* de *Monos*, seul.
ΜΥΡΩΝ. Myron, nom propre.
ΜΥΣΤΙΚΟΣ. Mystique.
ΜΩΝΩΝ pour Μονων. *Gén. plur.* de *Monos*, seul.

N. *Nu*, la treizième lettre de l'alphabet grec; son nom vient de la lettre *Nun* des Hébreux. Dans les nombres elle marque 50.

MATPOC Gen. d. MATHP Dor. pour ΜΗΤΗΡ, Mère.

ΝΑΥΑΡΧΙΔΟΣ. *Gènitif* de *Navarchis*, épithète d'une ville maritime.

ΝΑΟΙ. *Nominatif pluriel* du mot suivant.

ΝΑΟΣ. Temple.

ΝΑΥΑΡΧΙΣ. *Navarchis*, qui concerne la flotte.

ΝΑΥΚΡΑΤΩΝ. *Génitif pluriel* de *Naucrates*, qui a l'empire des mers.

ΝΕΑ. *Junior*, épithète donnée à Cérès, à Junon, à Cléopâtre et à Faustine la jeune.

ΝΕΙΚΗ. Pour Νίκη, victoire.

ΝΕΙΛΟΣ. Le Nil, fleuve d'Egypte.

ΝΕΜΕΙΑ. De Nemée.

ΝΕΜΕCIC. Némésis, fille de Jupiter et de la Nécessité, ou de la Justice.

ΝΕΟΙ. *Novi.* Nominatif pluriel de *Neos.*

ΝΕΟΣ. Nouveau, jeune.

ΝΕΟΥ. *Novi.* Génitif singulier de *Neos.*

ΝΕΩΚΟΡΩΝ. Génitif pluriel de *Neocoros*, on donnait ce nom à ceux qui avaient soin du temple. Les Éphésiens étaient Néocores (gardiens du temple de Diane).

ΝΕΩΤΕΡΑ. *Nova* ou *Junior*, surnom donné à Cléopâtre, dernière reine d'Egypte.

ΝΕΩΤΕΡΟΣ. *Junior*, le plus jeune.

ΝΙΓΡΟΣ. *Niger*, surnom de l'empereur Pescennius.

ΝΙΚΑ. *Vincit.* Troisième personne du singulier du présent de l'indicatif act. de *Nicao*, vaincre, triompher.

ΝΙΚΑ. La victoire.

ΝΙΚΑ. *Vince.* Impératif singulier.

ΝΙΚΑΤΕ. *Vincite.* Impératif pluriel du verbe *Nicao.*

ΝΙΚΑΤΟΡΕΣ. *Nicatores*, vainqueurs, surnom des Séleucus et des Démétrius, rois de Syrie.

ΝΙΚΑΤΟΡΟΣ. Génitif de *Nicatôr*, vainqueur.

ΝΙΚΗ. La victoire.

ΝΙΚΗΝ. *Accus.* du mot précédent.

ΝΙΚΗΣ. *Gén.* du même mot.

ΝΙΚΗΦΟΡΟΣ. *Nicéphore*, qui porte la victoire.

ΝΙΚΗΦΟΡΟΥ. *Gén.* du mot précédent.

Ξ. *Xi*, quatorzième lettre de l'alphabet grec; lettre numérale, elle vaut 60.

ΞΑΝΘΟΣ. Le Xanthe, fleuve.

ΞΕΝΟΦΩΝ. Xénophon.

OIΚΙΣΤΑΣ. *Conditor.* Fondateur.

pour Οἰκιστὴς.

ΟΙΚΙΣΤΗΣ. Fondateur - *semenokληγε* ἐχθu

Ο. *Omicron,* c'est-à-dire petit *o*, pour le distinguer de l'oméga ou grand *o*. Cette voyelle est la quinzième lettre des Grecs. L'omicron et l'oméga sont souvent employés l'un pour l'autre.

Ο. Article masculin.

ΟΒΟΛΟΣ. Obole, monnaie.

ΟΙΚΟΥΜΕΝΗΣ. Sous-entendu Γῆς, génitif de *oikoumene,* mot à mot *terre habitée,* univers.

ΟΙΚΟΥΜΕΝΙΚΑ. Jeux œcuméniques, universels.

ΟΙΚΟΥΜΕΝΙΚΟΣ. Jeu universel.

ΟΙΣΛΛ. (En écriture rétrograde), pour ΛΛΣΙΟΣ, surnom de Bacchus.

ΟΙΩΝΙΣΤΗΣ. Augure.

ΟΛΥΜΠΙΑ. Les jeux Olympiques, institués par Hercule en l'honneur de Jupiter, aux environs d'Olympie.

ΟΛΥΜΠΙΟΣ. Olympien, surnom de Jupiter.

ΟΛΥΜΠΙΟΣ. Olympique.

ΟΜΗΡΟΣ. Homère.

ΟΜΟΝΟΙΑ. *Concordia,* société qui unit plusieurs villes entr'elles.

ΟΝΤΟΣ. Étant, existant, génitif absolu du participe présent du verbe Εἰμι, je suis.

ΟΠΛΟΦΟΡΟΣ. *Armiger,* qui porte des armes, épithète de Mars.

ΟΠΛΟΥΦΥΛΑΞ. *Armorum custos,* gardien des armes, surnom donné à Hercule.

ΟΣΜΗ. Odeur.

ΟΥΛΠΙΑΝΗ. Surnom des villes de la Thrace : *Anchialus, Nicopolis, Pantalia, Serdica, Topirus.*

ΟΥΠΑΤΟΣ Β. Consul pour la deuxième fois.

Π. *Pi,* consonne, seizième lettre de l'alphabet grec. Son nom lui vient du *Pe* des Hébreux.

ΠΑΙΩΝΙΑ. Surnom de Pallas, parce qu'elle donna naissance à la médecine.

ΠΑΛΑΙΟΛΟΓΟΣ. Paléologue, nom de plusieurs empereurs.

ΠΑΝ. Le dieu Pan.

ΠΑΝΑΘΗΝΑΙΑ. Panathénées, fêtes de Minerve.

ΠΑΝΔΗΜΟΣ. Qui appartient à tout un peuple.

ΠΑΝΕΙΟΣ. Le *Panius,* montagne au pied de laquelle était bâtie Césarée.

ΠΑΝΗΓΥΡΙΑΡΧΟΣ. *Panegyriarcha,* président des assem-

blées solennelles dans lesquelles, on célébrait les louan-
ges des dieux ou des empereurs.

ΠΑΡΘΕΝΙΟΣ. Le *Parthénius*, fleuve de Paphlagonie.

ΠΑΝΙΑΔΟΣ. Génitif de Πανίας, surnom de Césarée.

ΠΑΝΙΩΝΙΑ. Jeux communs à toute l'Ionie.

ΠΑΤΗΡ. Père.

ΠΑΤΡΙΔΟΣ. De la patrie. *Gén. sing.* de *Patris*.

ΠΑΤΕΡΑ. (*Accusatif*) Le père.

ΠΑΤΡΙΣ. La patrie.

ΠΑΤΡΙΣΙ. Datif pluriel de *Patér*.

ΠΑΤΡΟΣ. (*Génitif*) Du père.

ΠΑΤΡΩΝ. *Patronus* Protecteur.

ΠΑΤΡΩΝΟΣ. (*Gén.*) Du protecteur.

ΠΕΙΟΣ et ΠΙΟΣ. *Pius*, surnom de l'empereur Antonia et
de Jupiter. C'est l'adjectif latin conservé en grec, comme un nom propre.

ΠΕΛΩΡΙΑΣ. *Pelorias*, promontoire de Sicile, auprès de
Messine.

ΠΕΜΠΤΟΥ. *Quinto*, de cinq (la cinquième année).

ΠΕΜΠΤΟΥ. (*Gén. absolu*), même signification.

ΠΕΡΓΑΙΑ. *Pergæa* de la ville de Perga, surnom de
Diane.

ΠΕΡΓΑΜΟΣ. *Pergamus*, héros, fils de Pyrrhus et d'An-
dromaque, fondateur de la ville de Pergame.

ΠΕΡΙΟΔΟΣ. Période.

ΠΕΡΣΙΚΗ. *Persica*, surnom de Diane.

ΠΗΝΑΙΟΣ. *Penæus*, le Pénée. Il y a eu deux fleuves de ce
nom, l'un en Élide, l'autre en Thessalie.

ΠΙΑ. *Pia*, surnom de plusieurs villes.

ΠΙΟΣ et ΠΕΙΟΣ. *Pius*, surnoms de plusieurs empereurs.

ΠΙΣΤΙΣ. *Fides*, la fidélité, la bonne foi.

ΠΟΛΕΩΝ. *Gén. pl.* de *Polis*. Des villes.

ΠΟΛΕΩΣ. *Gén. sing.* de la ville.

ΠΟΛΙΑΡΧΟΣ. Préfet de la ville.

ΠΟΛΙΑΣ. *Urbana*, surnom donné à Minerve par les Athéniens.

ΠΟΛΙΕΥΣ. Protecteur de la ville, surnom donné à Jupiter.

ΠΟΛΙΝ. (*Accus. sing.*) La ville.

ΠΟΛΙΟΡΚΗΤΗΣ. *Poliorcetes*, *expugnator urbium*, pre-
neur de villes.

ΠΟΛΙΟΥΧΟΣ. Président d'une ville, *Urbis præses*, surnom qu'on donnait au dieu ou à la déesse tutélaire
d'une ville.

[annotations manuscrites en marge :]

ΠΑΡΑ. (*préposit.*) près, auprès de.

auprès de Messine.

+ ou plutôt qui préside à la ville, qui
défend la ville.

ΠΛΓΛΝ.
ΠΛΓΛΝΙΑΤΗΣ. *barbu.*

ΠΤΟΛΙΘΙΚΟΣ. *V. Πολιουχος.*

ΡΟΔΟΠΗ. *Rhodope.*

ΣΑΔΙΑΚΟΣ.

ΠΟΛΙΣ. Ville.
ΠΟΛΙΩΝ. Ioniq., des villes.
ΠΟΡΦΥΡΟΓΕΝΝΗΤΟΣ. Né dans la pourpre, surnom de Jean Comnène.
ΠΟΣΕΙΔΩΝ. *Poseidôn.* Neptune est ainsi nommé par les Grecs, parce qu'il frappe la terre de ses pieds.
ΠΟΣΕΙΔΩΝΙΑ. Jeux en l'honneur de Neptune.
ΠΟΤΑΜΟΥ. *Gén. sing.* de *Potamos*, fleuve.
ΠΡΕΣΒΕΥΤΑΙ. (*Nom. plur.*) Ambassadeurs.
ΠΡΕΣΒΕΥΤΗΣ. *Legatus*, ambassadeur, député.
ΠΡΕΣΒΕΥΤΟΥ. *Génitif singulier* du mot précédent.
ΠΡΕΣΒΙΣ. Ambassadeur.
ΠΡΟΝΟΙΑ. Providence.
ΠΡΟΣ. Vers, auprès. Ce mot répond à la préposition *ad* des Latins.
ΠΡΩΤΑ. *Prima certamina*, les premiers jeux, c'est-à-dire qui occupent le premier rang.
ΠΡΩΤΗ. La première.
ΠΡΩΤΗΣ. De la première.
ΠΡΩΤΟΣ. Le premier.
ΠΡΩΤΩΝ. *Génitif pluriel* du mot précédent.
ΠΥΘΙΣ. Pythès.
ΠΥΘΙΑ. *Pythia certamina*, les jeux Pythiques, institués en l'honneur d'Apollon, à l'occasion de la mort du serpent Python.
ΠΥΘΙΚΟΣ. *Pythicus*, surnom de la famille Sempronia.
ΠΥΘΙΟΣ. *Pythius*, surnom d'Apollon.
ΠΟΣΕΙΔΩΝ. *Pôseidôn.* Neptune. *Voyez* ΠΟΣΕΙΔΩΝ.

P. *Rô*, dix-septième lettre de l'alphabet grec. Cette lettre dans les nombres, signifie 100.
ΡΗΓΕΙΝΟΣ. *Rheginus*, fleuve près de Smyrne, ou magistrat de cette ville.
ΡΗΓΜΑ. Rupture.
ΡΩΜΗ. La déesse Rome.

Σ, ς. *Sigma*, dix-huitième lettre des Grecs. Lettre numérale, elle vaut 200.
ΣΑΓΑΡΙΣ. *Sagaris*, fleuve de l'Asie.
ΣΑΠΦΩ ou ΣΑΦΦΩ. *Sappho*, célèbre femme, poète lyrique, de Mytilène dans l'île de Lesbos.

ΣΑΡΑΠΙΣ, pour *Serapis*, Sérapis.

ΣΕΒΑΣΤΑ. *Augusta.*

ΣΕΒΑΣΤΗ. Idem.

ΣΕΒΑΣΤΟΙΣ. (*Datif pluriel*) Aux Augustes.

ΣΕΒΑΣΤΟΣ. *Augustus*, vénérable, titre des empereurs romains.

ΣΕΒΑΣΤΟΣ. *Gén. sing.* du mot précédent.

ΣΕΛΕΙΝΟΣ. *Selinus*, fleuve de la Mysie ou de la Troade, ainsi nommé d'une herbe qui croit en abondance sur ses bords.

ΣΕΡΑΠΙΣ. Sérapis, divinité des anciens, à qui on donnait les attributs réunis de Jupiter, de Neptune et de Pluton.

ΣΚΑΜΑΝΔΡΟΣ. Le Scamandre, fleuve de la **Troade.**

ΣΚΟΠΑΣ. Le *Scopas*, fleuve de Bythinie.

ΣΟΥΝΙΑΣ. La fontaine Sunias, ainsi nommée en l'honneur de Minerve Suniade.

ΣΟΦΙΑ. La sagesse.

ΣΟΦΙΣΤΗΣ. Sophiste. C'était un gouverneur, envoyé dans des cas extraordinaires, à des villes libres de l'Asie.

ΣΤΕΦΑΝΗΦΟΡΟΣ. *Stéphanéphore*, qui porte une couronne, c'était une dignité annuelle dans les villes grecques. Le sténhanéphore était élu par les Prêtres, pour avoir soin des objets sacrés.

ΣΤΡΑΤΗΓΟΣ. *Stratége*, général, préteur.

ΣΤΡΑΤΗΓΟΥ. *Gén. sing.* du mot précédent.

ΣΤΡΥΜΩΝ. Le Strymon, fleuve qui sépare la Macédoine de la Thrace.

ΣΥΝΑΡΧΙΑ. Réunion de magistrats, *Synarchie*, Méd. d'Antioche de Carie.

ΣΥΝΚΛΗΤΟΝ. Acc. *Senatum*, sénat.

ΣΥΝΚΛΗΤΟΣ pour ΣΥΓΚΛΗΤΟΣ. *Senatus*, sénat.

ΣΥΝΚΛΗΤΟΥ ΔΟΓΜΑΤΙ. *Senatus-consulto*, par décret du sénat.

ΣΩΤΕΙΡΑ. *Salvatrix*, qui sauve, qui conserve; surnom donné sur les médailles, à Pallas, à Vénus, à Diane, à Proserpine, à Cléopâtre, et quelquefois à la Fortune.

Τ. *Tau*, consonne, dix-neuvième lettre des Grecs. Lettre numérale, elle marque 300.

ΤΑΙΣ. Datif pluriel de l'article féminin ἡ. Aux.

ΤΗΜΕΝΟϹ. *Nom du fondateur de Cremenothyra de Lydie.*

ΤΟ, *article neutre.* le. ΤΟ. Α. - ΤΟ. Β.
pour le bis..., ou la 2e fois.

ΤΩ. *article. masc. et neutre, dat. au.*

ΤΑΜΙΑΣ. Questeur, celui qui avait la garde du trésor public.

ΤΑΜΙΟΥ. Du questeur. *Gén. sing.* du mot précédent.

ΤΕΙΜΑΙ pour ΤΙΜΑΙ. (*Nominatif pluriel*) Honneurs.

ΤΕΙΜΗΤΗΣ. Censeur, magistrat romain.

ΤΕΛΕΣΦΟΡΟΣ. Télesphore, fils ou compagnon d'Esculape, dieu des convalescens.

ΤΕΤΑΡΤΗΣ. *Quartæ*, (*génif.*), de la quatrième partie de
la Macédoine.

ΤΕΤΑΡΤΟΥ. *Quarti*, du quatrième. *Gén. absolu.*

ΤΕΤΡΑΚΙΣ. *Quater*, quatre fois.

ΤΕΤΡΑΡΧΗΣ. Tétrarque, c'était celui qui gouvernait en
souverain le quart d'une région.

ΤΗΝ. *Accus. sing.* de l'art. fém. ἡ. La.

ΤΗΣ. *Gén.* du même article.

ΤΙΜΗ. Honneur.

ΤΙΜΗΤΗΣ. Censeur.

ΤΙΤΝΑΙΟϹ. Titnæus, nom de fleuve.

ΤΙΧΗ. La fortune.

ΤΟΙΣ. *Dat. plur. masc. et neutre* de l'article ὁ, ἡ, τό.

ΤΟΝ, ΤΟΥΣ. *Acc. masc. sing. et plur.* de l'article ὁ.

ΤΟΠΑΡΧΗΣ. Toparque, qui commande à un lieu quelconque.

ΤΡΙΣ. Trois fois.

ΤΡΙΤΗΣ. (*Gén. fém.*) De la troisième.

ΤΡΙΤΟΝ. (*Acc. sing. masc.*) Troisième.

ΤΡΙΤΟΥ. *Tertii*, du troisième. *Gén. absolu.*

ΤΥΧΗ. La fortune.

ΤΩΝ. *Gén. plur.* de tous genres, de l'article ὁ, ἡ, τό.

Υ. Upsilon, voyelle, c'est la vingtième lettre de l'alphabet grec. Dans les nombres, elle vaut 400 et avec
une petite ligne dessous, 400 milles.

ΥΙΟΥ. Du fils. *Gén. sing.* de *Uios*.

ΥΙΟΙΣ. (*Datif pluriel*) Aux fils.

ΥΙΟΝ. (*Acc. sing.*) Le fils.

ΥΙΟΣ. Le fils.

ΥΛΛΟΣ. *Hyllus*, fleuve de Lydie.

ΥΛΛΟΥ. *Génitif* du mot précédent.

ΥΠΑΤΟΣ. Consul.

ΥΠΑΤΟΥ. *Gén. sing.* du mot précédent.

ΥΠΟ. Sous ; ce mot répond à la préposition *sub* des Latins.

ΥΨΑΣ. L'Hypsas, fleuve de Sicile, qui arrose les campagnes d'Egesta et de Sélinonte.

Φ. *Phi*, vingt-unième lettre des Grecs ; c'est une consonne double qui a la valeur de *ph*. Dans les nombres, elle vaut 500.

ΦΙΔΟ. Nom d'un magistrat, sur les médailles de Béotie, faussement attribué à Phidon d'Argos, inventeur de la monnaie.

ΦΙΛΑΔΕΛΦΟΣ. *Philadelphe*, qui aime son frère.

ΦΙΛΑΛΗΘΗΣ. *Philalèthe*, ou ami de la vérité.

ΦΙΛΑΡΤΕΜΙΣ. Ami de Diane.

ΦΙΛΕΛΛΗΝΟC. Ami des Grecs.

ΦΙΛΙΟΣ. Ami, favorable, surnom de Jupiter.

ΦΙΛΟΠΑΤΗΡ. Qui aime son père.

ΦΙΛΟΠΑΤΡΙΣ. Qui aime sa patrie.

ΦΙΛΟΠΑΤΩΡ. Qui aime sa patrie.

ΦΙΛΟΡΩΜΑΙΟC. Ami des Romains.

ΦΙΛΟΣ. Ami (on appelait amis, les membres du conseil privé des rois d'Orient).

ΦΟΙΒΟΣ. Phébus.

ΦΟΙΒΟΥ. *Gén.* du mot précédent.

X. *Chi*, consonne double, vingt-deuxième lettre des Grecs. Dans les nombres, elle marque 600, ou le six centième.

ΧΑΛΚΟΥΣ, pour ΧΑΛΚΕΟΣ. D'airain, de bronze.

ΧΑΡΙΣ. Grâce, récompense, allégresse.

ΧΑΡΙΣΜΑ. Présent, don.

ΧΡΙΣΤΟΣ. *Christ, Oint*, surnom de *Jésus*.

ΧΑΡΙΤΙ. *Dat. sing.* du mot *Charis*.

ΧΡΥΣΟΓΟΝΗ. Chrysogone, ou *rejeton d'or*, surnom de Salonina, femme de Gallien.

ΧΡΥΣΟΓΟΝΗC. *Gén.* du mot précédent.

ΧΡΥΣΟΓΟΝΟΣ. *Chrysogonus*, même signification.

ΧΡΥΣΟΓΟΝΟΥ. *Gén. sing.* du même mot.

ΧΡΥΣΟΡΡΟΑΣ. *Chrysorrhoas*, fleuve de Lydie ou de Syrie, ainsi nommé de son sable d'or. C'est le même que le Pactole.

ΧΡΥΣΟC. Or.

Ψ.° *Psi*, vingt-troisième lettre des Grecs, employée quelquefois pour le Φ *phi*. Lettre numérale, elle vaut 700.

Ψ. A été pris pour un trident sur une médaille de Rhescuporis.

ΨΑΜΜΑΘΟΝΤΙΩΝ. *Psammathontiorum.* (*V.* Goltzius), médaille fausse.

ΨΑΜΙΤΟC ΒΑCΙΑ. Du roi *Psamitus* (de Galatie).

ΨΑΡΟ. Sur les méd. de Béotie, peut être les initiales d'un nom de magistrat.

Ψ. Β. Initiales indiquant le suffrage du sénat.

ΨΥΛΛΟΥ. *Gén.* de *Psullos.* Psyllus, magistrat d'Apollonie.

Ω et ω. *Oméga*, ou grand O, vingt-quatrième lettre des Grecs; elle a des formes très-diverses (V. Rasch. Lexic.). Lettre numérale, elle vaut 800.

ΩΔΙΔΑΛΑ. *Odidala.* Préteur de la ville de Pergame.

ΩΚΕΑΝΟC. *Oceanus*, Océan.

ΩΛΟΥ pour ΑΥΛΟΥ. *Aulus*, nom de magistrat.

ΩΜΗΡΟC. Homère.

ΩΜΟΝΟΙΑ pour ΟΜΟΝΟΙΑ.

ΩΤΑΚΙΛΙΑ. Otacilia, femme de l'empereur Philippe.

ΩΤΑΚΟΥ. Otacus, magistrat de Dyrrhachium.

L'Ω est souvent employé pour l'O, et par l'erreur des monétaires pour l'A.

DÉVELOPPEMENS

LA MANIÈRE DE SUPPUTER LES MONNAIES
ANCIENNES ET SUR LEUR VALEUR,
D'APRÈS M. HENNIN.

———————

MONNAIES (en général). On distingue, dans le système monétaire d'un pays, *l'unité monétaire*, la *monnaie de compte*, les *monnaies effectives*. Dans les monnaies effectives, on distingue *le titre, le poids, la valeur légale ou nominale, la valeur métallique*.

L'*unité monétaire* est la valeur première, qui sert à nombrer toutes les autres, en la multipliant pour les valeurs au-dessus, et en la divisant pour les valeurs au-dessous. En France, l'unité monétaire est le franc.

La *monnaie de compte* est la valeur avec laquelle on désigne les diverses quantités de valeurs dans les comptes. Cette monnaie est ordinairement la même que l'unité monétaire. Par exemple, en France, la monnaie de compte est le franc, elle a été jadis la *livre tournois*; mais dans quelques pays il n'en est pas de même. Nous ferons remarquer de plus, que souvent les monnaies de compte ne sont qu'idéales, nullement monnaies effectives. Telles sont la *pistole* ou dix francs, la livre sterling, etc.

La *monnaie de banque*, établie dans les temps modernes, est celle dans laquelle les banques de paiement tiennent leurs comptes, et elle a été distinguée de la monnaie réelle dans quelques villes, à cause de l'altération des espèces courantes. Le titre du degré de pureté du métal constitue la monnaie de banque.

Les *monnaies effectives* sont les pièces de monnaie circulantes. Leurs valeurs légales sont ordinairement en harmonie avec l'unité monétaire. Leurs fractions sont plus ou moins bien entendues, plus ou moins commodes pour les transactions. La division actuelle des monnaies en France est sans doute la meilleure; elle est basée, comme tout notre établissement monétaire, sur le système décimal. L'unité monétaire est représentée par la pièce d'un franc, dont les multiples et les parties offrent une série aussi commode que bien entendue. Dans quelques pays, au contraire, les monnaies circulantes ne sont pas en harmonie avec l'unité monétaire ni avec la monnaie de compte, ce qui rend les transactions habituelles moins faciles.

Le *titre* est le degré *de fin* auquel le métal est employé dans les monnaies. Il est important de ne jamais l'altérer en rien, à moins du changement total d'un système monétaire vicieux.

Le *poids* des monnaies est fixé à raison des transactions monétaires qu'elles valent légalement, et de leur titre. Il ne doit pas être plus altéré que le titre.

La *valeur légale* ou *nominale* est la valeur déterminée par la loi, en rapport avec l'unité monétaire; c'est la valeur qui sert de règle à toutes les autres, celle pour laquelle une monnaie est reçue dans les transactions, le nom, en un mot, que l'on affecte à une certaine quantité de métal.

La *valeur métallique* est le prix réel et variable du métal dont la monnaie est formée. Ce n'est alors qu'une marchandise.

MONNAIES DES GRECS. *Unité monétaire.* L'unité monétaire des Grecs était la *drachme.* Cette unité fut admise par tous les peuples grecs, à mesure que l'usage des monnaies se propagea : elle fut également adoptée dans les autres contrées. Il faut observer ici que la valeur réelle de cette unité monétaire ne subit jamais de grandes variations; il s'établit des rapports d'uniformité

NUMISMATIQUE.   6 entre la drachme des divers pays. Les relations commerciales durent produire ce résultat.

La *drachme* se divisait en six *oboles*; cent *drachmes* formaient une *mine*; six mille drachmes formaient un *talent*.

Les auteurs anciens citent diverses sortes de *talens* : le *talent* attique, celui de Corinthe, celui d'Égine, etc.; mais ces *talens* contenaient toujours six mille drachmes et ne différaient entre eux que par la conséquence des légères variations qui pouvaient se trouver, dans les monnaies des divers pays, entre la valeur de la drachme des diverses contrées. Ces différences, minimes quant au rapport d'une drachme à l'autre, formaient, à la vérité, une somme importante lorsqu'elles se trouvaient répétées sur les six milles drachmes formant le *talent*.

Lorsqu'on parlait de *talent* en général sans le spécifier, il s'agissait du *talent* attique.

Monnaie de compte. Il y a tout lieu de croire que l'on comptait généralement par drachmes; cependant, comme on vient de le voir, les fortes sommes étaient désignées par les indications de *mine* et de *talent*.

Les *monnaies de banque* ou représentant une valeur différente de celle des monnaies circulantes ne paraissent pas avoir été connues des anciens.

Monnaies effectives. Aucune monnaie d'or des peuples, villes et rois ne porte l'indication de sa valeur. Les passages des anciens qui se rapportent à ce sujet sont insuffisans et peu d'accord entre eux. Nous ne connaissons donc pas le rapport précis de l'or avec l'argent à aucune époque déterminée, chez aucun des peuples anciens, les Romains exceptés, et encore bien moins les variations que ce rapport a dû éprouver. On ne pourrait déterminer quelques données à cet égard que par des suppositions. Les nombreuses monnaies de Philippe II et d'Alexandre-le-Grand, du module ordinaire, doivent avoir valu vingt drachmes.

Il existe des monnaies d'or des peuples, villes et rois de modules divers, depuis les plus petites jusqu'à un diamètre assez considérable.

Divers passages d'auteurs anciens ont rapport à des

monnaies grecques, designées sous le nom de *statère d'or* et *statère d'argent* (*stater*).

Il paraît positif que les pièces nommées *statères d'or* étaient du poids de deux drachmes d'or et de la valeur de vingt drachmes d'argent, ou dans le rapport d'un à dix; telles que les pièces ordinaires de Philippe II, d'Alexandre-le-Grand, de Lysimaque, et que les pièces persanes auxquelles on applique le nom de *statère*. Lorsqu'on désignait le *statère* sans ajouter la désignation du métal, on entendait le *statère d'or*. Il paraît également certain que les *statères d'argent*, ou les pièces auxquelles on attribuait cette dénomination, étaient des *tétradrachmes* ou de la valeur de quatre drachmes.

Le *statère* avait son multiple, le *double-statère*; il avait aussi ses parties, le *demi-statère*, et le *quart de statère*.

Les monnaies d'*argent* nous offrent plus de lumières que celles d'or, quant à leurs valeurs, et quelques pièces de ce métal portent les indications de la drachme et de la didrachme.

Les monnaies effectives en argent étaient la *drachme*, unité monétaire valant six oboles.

Ses multiples : le *didrachmon* (deux drachmes); le *tridrachmon* (trois drachmes); le *tetradrachmon* (quatre drachmes ou statère d'argent), et quelques pièces de valeurs plus fortes, dont certaines n'étaient probablement pas des monnaies.

Ses parties étaient : le *tetrobolos* (quatre oboles); le *triobolos* (trois oboles); le *diobolos* (deux oboles) l'*obolos* (obole) ; le *hemi-obolos* (demi-obole); le *dichalcon* (quart d'obole). Les deux dernières monnaies d'argent, de très-petite valeur, furent particulièrement frappées dans quelques villes, lorsqu'on n'y admettait pas la monnaie de cuivre, par exemple à Athènes.

Les monnaies de cuivre nous offrent, comme celles d'argent, des renseignemens sur leurs valeurs et leurs dénominations.

Les monnaies effectives en *cuivre* étaient : l'*obolos*, dont six forment la *drachme*.

Ses multiples sont : le *diobolos* (deux oboles); le *triobolos* (trois oboles); le *tetrobolos* (quatre oboles), e peut-être la *drachme* (six oboles, et même des pièces de valeurs plus fortes, parmi les impériales-grecques).

Ses parties : le *hemi-obolos* (demi-obole); le *dichal-con* (quart d'obole); le *chalcous* (huitième d'obole), et même quelques fractions plus petites peu connues.

On adopta chez quelques peuples grecs, sous la domi-nation romaine, le nom ΑΣΣΑΡΙΟΝ, *Assarius*, de *Assis* (As). Cette indication se trouve sur quelques monnaies de Chios, et on y voit même sa moitié, ainsi que ses multiples indiqués par les nombres deux et trois.

Des monnaies de bronze de diverses villes de la Gran-de-Grèce et de la Sicile portent des globules ou d'autre indications qui doivent avoir été en rapport avec les va-leurs légales de ces pièces.

Quelques-unes de ces villes avaient adopté, dans les pre-miers temps, pour unité monétaire, l'*as* romain; leurs monnaies sont divisées suivant ce système et en portent les indications. On nomme ces pièces *as italiques* pour les distinguer des *as romains*.

Il y a lieu de croire que des variations eurent lieu dans les valeurs des monnaies de cuivre chez les Grecs, et que ces variations furent plus multipliées et plus fortes que celles que subirent les monnaies d'argent : le peu de va-leur intrinsèque du métal doit le faire penser.

Quant à l'appréciation de la valeur de ces diverses mon-naies, nous en donnerons les bases principales, en rappe-lant que les recherches sur cette matière n'ont pas été assez multipliées pour donner des bases bien certaines, et-qu'on ne peut arriver qu'à des approximations, en pre-nant même pour exemple un lieu et des époques déter-minés.

Titre. L'or et l'argent ont été employées généralement à l'état de grande pureté pour la fabrication des monnaies autonomes des peuples, villes et rois. Des exceptions eu-rent lieu à cette règle, postérieurement, pour les monnaies impériales-grecques; mais outre ces exceptions, des va-riations ont dû exister et ont existé, en effet, suivant les temps et les lieux.

Poids. Les dénominations affectées aux monnaies d'ar-gent étaient aussi celles des poids, et les pesanteurs étaient les mêmes. Une *drachme-monnaie* pesait une *drachme-*

poids. Quant au rapport de la drachme avec nos poids actuels, les variations des temps et des lieux doivent être admises.

MONNAIES ROMAINES. — *Unité monétaire.* On a déjà vu que, chez les Romains, les premières monnaies fabriquées furent celles de cuivre. La première unité monétaire fut une valeur nommée *as*, qui était représentée par une monnaie effective portant ce nom, et qui était également l'unité des mesures de pesanteur. L'*as* était aussi nommé en conséquence *libella, libra, pondo.*

L'*as*-monnaie, comme l'*as* poids, se divisait en douze onces et en fractions d'once, dont je ne donne pas ici les noms, parce qu'étant les mêmes que les noms adoptés pour les fractions monétaires effectives, ils seront rappelés ci-après.

Le poids de l'*as* monnaie fut successivement réduit. Les notions qui nous restent sur ces réductions, quoique fort détaillées, ne sont pas assez claires ni surtout assez en harmonie avec les monnaies elles-mêmes, pour que l'on puisse établir, à cet égard, un système bien positif, et fixer une échelle bien démontrée de ces diminutions successives, quoique cela ait été tenté par divers écrivains. Le premier *as*-monnaie, que l'on nomme l'*as libralis*, parce qu'il pesait en effet les douze onces de l'*as*-poids, parait avoir duré depuis l'établissement du monnayage à Rome sous Servius Tullius, en admettant ce dernier fait comme constant, jusqu'au temps de la première guerre punique, qui commença en l'année 264 avant J.-C. (490 de Rome.)

Ce fut cinq ans avant cette époque, c'est-à-dire en l'an 269 avant J.-C. (485 de Rome), que, suivant l'opinion la plus généralement admise, la monnaie d'argent fut introduite à Rome.

Il fut établi trois pièces d'argent différentes : 1° le *denarius*, valant dix *as* (alors *as libralis* de douze onces-poids), ainsi nommé à cause de sa valeur même, de *denis assibus* ou *dena æris*; 2° le *quinarius*, valant cinq *as* ; 3° le *sestertius*, valant deux *as* et demi.

A cette époque, l'unité monétaire changea ; l'*as*, qui se

6.

trouva d'une valeur successivement moins importante, cessa de servir à nombrer les sommes. Le *sesterce* devint l'unité monétaire, probablement parce que cette monnaie effective était l'intermédiaire des trois espèces établies.

Mais il est nécessaire de démontrer ici les divers modes dont les Romains se servaient pour désigner les sommes en sesterces.

1° *Sestertius*, au masculin singulier, indiquait une pièce d'un sesterce. Pour désigner un nombre quelconque de ces pièces on mettait, avec le nombre, le pluriel masculin *sestertii*; *centum sestertii*, cent pièces d'un sesterce.

2° *Sestertium*, au neutre singulier, signifiait *mille sestertii*, mille pièces d'un sesterce; son pluriel *sestertia*, avec un nombre, marquait autant de mille pièces d'un sesterce que ce nombre contient d'unités. Ainsi . *decem sestertia* équivalait à *decem. millia sestertiorum*, dix mille pièces d'un sesterce.

3° Si l'on employait *sestertium*, avec les adverbes *decies*, *vicies*, *centies*, *millies*, etc., on sous-entendait *centies millies*, cent mille; ainsi, *decies sestertium* signifiait *decies centies, millies, sestertiorum*, dix fois cent mille ou un million de sesterces; *centies sestertium* était *centies centies millies sestertiorum*, cent fois cent mille ou dix millions de sesterces. (Extrait du *Manuel de Numismatique* de M. HENNIN.)

Monnaie de compte. Les détails qu'on vient de lire sur les deux unités monétaires successives des Romains, font connaître également quelle fut la monnaie de compte à Rome. Il est probable que l'on compta par *as*, ensuite par *sesterces*.

Les monnaies de banque furent vraisemblablement aussi inconnues aux Romains qu'aux Grecs.

Monnaies effectives. Nous avons vu que les premières monnaies, frappées à Rome, furent celles de *cuivre*, puis celles d'*argent*, et enfin celles d'*or*.

Il fut établi deux pièces d'or différentes : 1° le *denier d'or*, 2° une pièce valant la moitié de celle-ci, et à laquelle on a donné le nom de *quinaire d'or*.

Le rapport de l'or à l'argent est plus facile à constater chez les Romains que chez les Grecs. Nous trouvons dans les monnaies mêmes un renseignement très-important, qui doit nous servir de guide, quoiqu'il ne se rapporte qu'à une seule époque. Trois monnaies d'or fort rares, qui ont été très-probablement frappées dans la Campanie, sous l'autorité romaine, pendant la république, peuvent être considérées comme émises vers le temps où les monnaies d'or de coin romain commencèrent à être frappées. Ces trois monnaies portent les annotations suivantes :

LX (soixante sesterces).

XXXX (quarante sesterces).

XX (vingt sesterces).

D'après les examens que l'on a faits des poids de ces pièces, avec autant d'exactitude que la chose est possible pour des monnaies fort rares, et dont il existe peu d'épreuves. On a trouvé les résultats suivants, qui ne doivent être considérés toutefois que comme des approximations, n'étant pas exactement d'accord entre eux.

Pièce de soixante sesterces (qui devait peser trois *scrupules* de la livre romaine)................ 64 grains.

Pièce de quarante sesterces (qui devait peser deux *scrupules* de la livre romaine)........... 43 grains

Pièce de vingt sesterces (qui devait peser un *scrupule* de la livre romaine).................. 21 grains 1/3

On a fait ensuite les calculs suivants :

Le scrupule d'or étant la vingt-quatrième partie de l'once, une livre ancienne contenait 288 scrupules. En multipliant 288 par 21 grains 1/3, poids de la pièce d'or de 20 sesterces, qui pesait un scrupule, on a, pour poids de la livre ancienne; 6,144 grains.

Le scrupule d'or valant 20 sesterces d'argent, ou 5 deniers, la livre d'or, contenant 288 scrupules, valait 1,440 deniers d'argent.

Nous savons par Pline que l'on faisait 48 deniers d'argent dans une livre de ce métal.

Divisant 1,440 par 84, on trouve 17 1/7. Donc le rapport de l'or à l'argent était alors de 1 à 17 1/7, c'est-à-dire qu'une livre d'or valait 17 livres et $^1/_7$ d'argent. Mais il faut observer que ces calculs et leurs bases n'ont pas été généralement admis, et que les résultats ont été donnés par divers auteurs, de façons un peu différentes.

Quoi qu'il en soit de ces différences et de quelques autres qui ne sont pas d'une grande importance, le rapport de l'or à l'argent était, en adoptant ce système, de 1 à 17 environ, lorsque l'or fut employé dans le monnayage par les Romains pour la première fois.

A cette époque, l'or n'existait qu'en petite quantité; il devint successivement moins rare : on a cherché à fixer les diverses époques auxquelles le rapport de ce métal avec l'argent fut progressivement réduit. Les détails sur ce sujet sont trop nombreux et trop compliqués pour que nous puissions les exposer ici.

Outre ces deux natures de monnaies (*denier* et *quinaire d'or*), quelques pièces d'or de plus grands modules se trouvent sous les empereurs; il en existe même des bas temps de dimensions fort grandes. Il est probable que ces pièces, nommées communément *médaillons d'or latins*, n'étaient pas des monnaies.

Monnaies d'argent. Il fut établi trois monnaies effectives d'argent :

1° Le *denarius* valant dix *as* (alors *as libralis* ou douze onces; il valut seize *as*, à dater de la loi *Papiria* ;

2° Le *quinarius* valant cinq *as*, et plus tard huit *as* ;

3° Le *sestertius* valant deux *as* et demi, puis quatre as.

Le *sestertius*, ainsi qu'il a été dit, devint, à cette époque, l'unité monétaire en remplacement de l'as.

Les monnaies d'argent romaines, ainsi que celles des Grecs, nous offrent des indications qui fournissent les moyens de connaître leurs valeurs légales et leurs dénominations.

Plusieurs pièces de ce métal, frappées sous la république (pièces de familles); portent les indications que voici :

> *Denarius*........... X ou V, ou XVI.
> *Quinarius*.......... V ou Q.
> *Sestertius*.......... IIS ou HS.

La marque X sur le denier, et celle XVI sur la même monnaie, sont relatives aux deux valeurs successives du denier, qui fut d'abord de dix et ensuite de seize as. Observons que la marque X se trouve aussi sur les *decussis*, ou pièces de dix *as* en bronze.

La marque V sur le quinarius indique la valeur première de cette monnaie, cinq *as*; la lettre Q est l'initiale de ce nom (Quinarius).

La marque IIS, sestertius, indique la valeur première de cette monnaie, deux *as*, plus un *semi* ou demi *as*.

La marque IIS est la même, à la réserve que les deux barres, marquant les deux unités, sont unies par un trait.

Au moyen de ces indications, le denier romain et ses division sont bien connus.

Les pièces d'argent de coin romain, de modules plus grands que le denier, nommées communément *médaillons d'argent latins*, n'étaient probablement pas des monnaies.

Monnaies de cuivre. Les monnaies effectives de *cuivre*, établies à cette époque, furent les suivantes :

L'*as*, unité monétaire primitive. La pesanteur de l'*as* monnaie, étant la même que celle de la *livre poids*, pesant 12 onces poids, et valant 12 onces monnaies. Dix *as* valaient alors un *denier* d'argent. Depuis la loi Papiria, seize *as* valurent un *denier* d'argent.

Ses multiples: *dupondius* (deux *as*); *tripondius* (trois *as*); *quadrussis* (quatre *as*); *decussis* (dix *as* ou un denier).

Ses parties : *semi* (moitié de l'*as* ou six onces); *quincunx* (cinq onces); *triens* (tiers de l'*as* ou quatre onces); *quadrans* (quart de l'*as* ou trois onces); *sextans* (sixième de l'*as* ou deux onces); *uncia* (douzième de l'*as* ou une once).

Le *quineussis* (cinq *as* ou un quinaire), et les *deunx* (onze onces); *dextans* (dix onces); *dodrans* (neuf onces); *bes* (huit onces); *septunx* (sept onces) étaient des fractions monétaires qui ont été quelquefois citées, mais qui n'ont pas existé en monnaies effectives.

Quelques-unes de ces monnaies portent des marques ou légendes, d'après lesquelles on a pu établir le système de leurs valeurs légales et de leurs dénominations. Voici des marques :

Decussis valant....	10 *as* marquée de	**X.**
Quadrussis.......	4	
Tripondius.......	3	**III.**
Dupondius.......	2	**II.**
As..............	12 onces	**I.**
Semi............	6	S ou......
Quincunx........	5	....
Triens...........	4	....
Quadrans........	3	...
Sextans..........	2	..
Uncia...........	1	

Le module et le poids, et conséquemment la valeur métallique de l'*as*, furent successivement réduits à Rome jusqu'à l'époque des empereurs : alors la monnaie de cuivre se trouvant fixée à une valeur basse, en raison de son poids, cette valeur conserva plus de fixité qu'elle n'en avait en précédemment.

Dans les bas temps, les modules et les valeurs furent changées, comme il a été déjà dit à l'article des monnaies d'argent.

Sous les empereurs, et principalement dans les premiers temps de l'empire, il fut frappé un assez grand nombre de pièces de bronze, de diamètre plus étendu que les pièces ordinaires. Ces pièces, que l'on nomme communément *médaillons latins de bronze*, n'étaient probablement pas des monnaies.

Titre. L'or a été employé à un très-haut degré de fin dans les monnaies romaines, sauf quelques exceptions peu nombreuses dans les bas temps. L'argent fut également employé très-pur jusqu'au règne de Septime Sévère. Il fut alors altéré successivement ; comme nous l'avons déjà dit, jusqu'à Dioclétien. Ce dernier rétablit la monnaie d'argent fin, qui fut conservée depuis lui.

Poids. Les dénominations affectées aux monnaies de bronze étaient originairement les mêmes que celles des poids, et les pesanteurs étaient pareilles. On vient de voir que ces pièces éprouvèrent successivement des réductions.

Quant à l'argent, on sait que 84 deniers romains, monnaie, pesaient une livre romaine, poids. On a donné comme certain que le denier romain était égal, relativement au poids, à la drachme attique; mais la réalité n'est pas conforme à cette assertion admise par quelques écrivains. Le poids du denier, d'après de nombreuses expériences faites sur des deniers des familles romaines, était, à cette époque, de 73 à 74 grains. Il se maintint à ce taux pendant la république; mais il fut diminué depuis, surtout sous le règne de Septime Sévère, époque où la monnaie d'argent commença à être altérée sous le rapport du titre.

Valeur légale ou *nominale*. La valeur légale des diverses monnaies a été indiquée en traitant des monnaies effectives. On y a vu quel était le système des valeurs légales des monnaies chez les Romains.

Valeur métallique. Nous devons faire à cet égard quelques observations applicables aux monnaies des peuples, villes et rois ; c'est que nous ignorons quelle différence l'on faisait, dans l'antiquité, entre les métaux monnayés et ces mêmes métaux non monnayés, et que, ces détails, si on pouvait les établir, se rapporteraient plutôt à l'Économie politique qu'à la Numismatique.

Quant à la valeur métallique actuelle des monnaies antiques, elle se calcule sur le poids et le titre exacts de chaque nature de pièces.

I. D.

FIN.

LETTRES NUMÉRALES DES GRECS.

Monades.	Décades.	Centiades.
Α. 1.	I. 10.	P. 100.
B. 2.	K. 20.	Σ. 200.
Γ. 3.	Λ. 30.	T. 300.
Δ. 4.	M. 40.	Υ. 400.
E. 5.	N. 50.	Φ. 500.
[(1) ς. 6.	Ξ. 60.	X. 600.
Z. 7.	O. 70.	Ψ. 700.
H. 8.	Π. 80.	Ω. 800.
Θ. 9.	ϙ′. 90.	ϡ′. 900.

(1) Stigma composé de ς et τ.

EXPLICATION DE LA PLANCHE DES MÉDAILLES.

ET

TABLEAU
DE L'ART MONÉTAIRE.

—

PREMIÈRE ÉPOQUE.

Elle commence avec l'art lui-même.

Nº 1. — Médaille de l'île d'Égine où l'on suppose que Phidon a fait frapper les premières monnaies (Voyez plus haut, p. 30).

Tortue grossièrement figurée.

REVERS. — Aire en creux, divisée en plusieurs parties. Dans l'origine de l'art monétaire, les monnaies n'avaient de type que d'un seul côté. (Voyez p. 40).

Nº 2. — Darique, ou monnaie des Darius, rois de Perse.

Un archer, ou le roi lui-même, dans l'attitude de se préparer à tirer de l'arc.

REVERS. — Aire en creux, dont la forme est tout à fait grossière.

Nº 3. — Monnaie de Populonia, ville d'Étrurie. Cette ville est la seule où l'on trouve l'un des côtés de la monnaie entièrement privé de type.

Tête d'Hercule de face, coiffée de la peau du lion.

Nº 4. — La chouette, représentée grossièrement sur cette médaille, l'a fait attribuer à Athènes.

Le revers porte encore l'aire creuse grossière.

Nous allons voir, dans la seconde époque, l'art prendre un caractère nouveau.

DEUXIÈME ÉPOQUE.

Nº 5. — Médaille d'argent d'Athènes. Elle est déjà d'un meilleur style que la précédente ; elle porte une tête et un sujet au revers. Mais la tête a un caractère semi-barbare. L'œil de face, sur une tête de profil, annonce l'enfance de l'art.

L'aire creuse du revers a pris la forme régulière d'un carré, et elle a été remplie d'un sujet relatif au type.

principal. C'est la chouette, oiseau consacré à Minerve. Auprès sont des feuilles d'olivier, arbre que, selon la fable, la déesse avait fait naître. Les lettres AΘE sont les initiales du mot AΘENAIΩN (des Athéniens). Cette pièce est un *tétradrachme*, c'est-à-dire qu'elle pèse quatre drachmes attiques.

N° 6. — Médaille d'argent de Lète, ville de Macédoine. Elle est bien supérieure par le travail à celle du n° 4 de cette planche. Le carré du revers a une forme régulière; et du côté du sujet, on trouve une légende complète. Cependant, cette légende est en caractères rétrogrades, ce qui annonce encore une époque reculée, et on y voit un *omicron* O, au lieu d'un oméga Ω. Cette médaille est donc certainement des premiers temps de la numismatique, puisque l'Ω n'a été introduit dans l'alphabet, par Simonide, que 580 ans avant J.-C. Le mot AETAION (des *Letéens* ou des habitans de la ville de Lète), est au génitif pluriel, et c'est ainsi que nous trouverons indiqués tous les noms des peuples qui ont fait frapper des *monnaies*, ce dernier mot étant sous entendu (*Monnaie des Letéens*).

Le sujet représente un centaure enlevant une femme. Ce pourrait être Nessus enlevant Déjanire. L'idée que les centaures et les satyres cherchaient à s'emparer des femmes remonte aux premiers âges de la société.

Des hommes simples et grossiers prirent, pour un être d'une double nature, celui qui le premier, monté sur un cheval, profita de la vitesse de son coursier pour enlever les objets qui tentèrent sa cupidité. Telle fut l'origine de la fable des centaures.

Le revers représente un casque d'une forme élégante, il est dans un carré creux, reste de l'aire primitive, mais où l'on voit un sujet, comme dans la médaille précédente.

N° 7. — Monnaie d'argent d'Alexandre 1er roi de Macédoine.

Un homme, coiffé du chapeau macédonien, vêtu d'une chlamyde ou manteau, et portant deux lances, marche à côté d'un cheval dont il tient les rênes. Nous remarquerons ces particularités du costume et des armes des Macédoniens.

— III —

Revers. — Le carré creux est régularisé, ou y lit le nom ΑΛΕΞΑΝΔΡΟ. C'est celui du roi Alexandre. Le nom de ce prince fixe l'époque à laquelle a été frappée cette médaille, puisqu'il régna depuis l'an 497 jusqu'à l'an 454 avant J.-C., et l'analogie de la fabrique et des types a déterminé l'époque à laquelle on doit rapporter les autres médailles de la Macédoine qui lui ressemblent.

N° 8. — Monnaie d'argent de Crotone, ville du Bruttium, contrée de l'Italie méridionale.

ϘΡΟΤΟΝ *Trépied.*

Revers. — Un oiseau, volant à droite, empreint en creux.

Nous remarquerons cette fabrique particulière aux monnaies de l'Italie, à une époque qui correspond à celle de la médaille précédente de Macédoine ; la forme ancienne du Cappa ou Koph, que nous retrouvons long-temps sur les médailles de Corinthe et de ses colonies; l'omicron au lieu de l'oméga, et le revers en creux, au lieu d'être en relief. (Voyez plus haut, p. 41. au chapitre des *Médailles incuses*.)

TROISIÈME ÉPOQUE

N° 9. — Monnaie de bronze de Sparte.

Tête de Lycurgue, législateur de Sparte ΛΥΚΟΡΓΟΣ.

Revers. — ΛΑ initiales du mot ΛΑΚΕΔΑΙΜΟΝΙΩΝ (des Lacédémoniens). Une massue terminée par un caducée, et deux monogrammes, le tout dans une couronne de lauriers.

Il ne faut pas penser que cette monnaie ait été frappée du temps de Lycurgue qui vivait près de neuf siècles avant notre ère, ce n'est qu'au temps de Solon que l'on commence à trouver des témoignages de l'existence des monnaies. Nous voyons ici un hommage rendu à la mémoire de Lycurgue. Il porte le bandeau, signe de l'apothéose. Si l'on cherche à expliquer le revers, on verra, dans un caducée uni à une massue, le symbole de la paix assurée par la force.

Jusqu'ici, on a cherché en vain les explications de

la plupart des monogrammes. On suppose que ceux-ci sont les noms de magistrats, qui, malgré la domination romaine, avaient conservé quelque ombre d'autorité.

On pourrait voir alors dans l'un, composé des lettres Φ et P, les initiales de Phronyme, et dans l'autre, qui réunit les lettres ΕΥΗ *Evenus ou Evhémère* : ce ne sont que des conjectures, pour indiquer la manière dont quelques personnes cherchent à interpréter les monogrammes.

N° 10. — *Tétradrachme d'Athènes.*

Le même type que nous avons vu au n° 5 se trouve ici reproduit avec beaucoup plus d'élégance. On pense que cette belle monnaie a été frappée du temps de Périclès. Elle fait voir le grand progrès que les arts avaient faits dans l'Attique. La Minerve de Phidias doit avoir servi de modèle à celle-ci. Le casque est très orné; la physionomie de la déesse est noble et gracieuse.

Au revers, nous voyons la chouette posée sur une amphore, pour indiquer sans doute l'excellente huile que produisaient les oliviers cultivés dans le territoire de l'Attique. La petite figure d'Esculape est un de ces symboles monétaires dont l'explication dépendrait de mille particularités qui nous sont inconnues.

Les trois noms de *Ménédème*, d'*Epigène*, et d'*Ophélion*, sont ceux des magistrats qui étaient en charge lorsque cette monnaie fut frappée. La couronne d'olivier qui entoure le revers, rappelle encore le culte de la divinité à laquelle les Athéniens devaient cet arbre précieux, en même temps qu'elle forme un ornement plein de grâce.

On a souvent fait la remarque que les monnaies d'argent d'Athènes étaient inférieures, pour la beauté du travail, à celles de villes ou de contrées qui tenaient un rang moins illustre que cette ville dans la Grèce. Eckhel pense que la raison pour laquelle les Athéniens n'ont pas varié le type de leurs monnaies d'argent, c'est qu'ils auraient craint que le moindre changement n'altérât la confiance des nations nombreuses avec lesquelles ils trafiquaient, et qui recevaient la chouette d'Athènes. On trouvera probablement plus tard une raison meilleure que celle-là

N° 11. — Statère d'or d'Alexandre-le-Grand.
Tête casquée de Pallas.

REVERS. — ΑΛΕΞΑΝΔΡΟΥ (d'Alexandre). La victoire
portant un trident et une couronne de laurier. Symbole,
un foudre.

On trouve beaucoup de ces monnaies d'Alexandre,
ce qui n'est pas étonnant en raison de ses immenses
conquêtes, et de la quantité d'or que son père avait
tiré des mines de la Thrace et de la Thessalie. Les
monnaies d'Alexandre ont été frappées dans les villes de
sa domination, qui sont indiquées par des symboles,
des monogrammes et par les initiales de leur nom. On
en trouve même avec des caractères phéniciens.

La tête que nous voyons ici n'est pas celle d'Alexandre. Ce ne fut qu'après sa mort que l'on crut pouvoir
lui offrir cet hommage comme à un Dieu. Les rois ses
successeurs osèrent ensuite placer leur effigie sur les
monnaies, et cet usage fut bientôt adopté par tous les
souverains.

N° 12. Monnaie d'argent de Syracuse, ville de Sicile.

Ici l'art est à son apogée : on voit les progrès qu'il
a faits en cinq siècles et demi. Il se maintient à cette
hauteur pendant un peu plus d'un siècle ; mais bientôt
la Grèce perd sa liberté, et le génie des artistes n'y
montre plus ces nobles élans qui l'avaient élevée jusqu'au sublime.

Cette médaille de Syracuse offre d'un côté la tête de
la nymphe Aréthuse couronnée de roseaux. Autour,
trois poissons.

REVERS. — Un quadrige, char à quatre chevaux ;
type relatif aux courses qui faisaient partie des jeux
solennels que l'on célébrait dans la Sicile. Au-dessous,
la *triquetra*, symbole composé de trois jambes, et
faisant allusion au nom ancien de *Trinacria*, que sa
forme triangulaire avait fait donner à la Sicile. Ce
nom, selon Pline, lui vient de ses trois promontoires
Pelorus, Pachynum et *Lilybœum*.

Dessous le nom ΣΥΡΑΚΟΣΙΩΝ (des Syracusains) est un
monogramme composé des lettres AV.

N°. 13 — Monnaie d'argent de Marseille, ville de la
Gaule Narbonnaise.

Tête de Cérès.

REVERS. — ΜΑΣΣΑ initiales du mot *massaliétón* des *Massiliens.* Un lion.

La Gaule était encore barbare, lorsque, vers la 45ᵉ olympiade, 540 ans avant notre ère, les Phocéens d'Ionie vinrent jeter sur ses côtes les fondemens de Marseille. Ils transplantèrent dans la Gaule les arts et les belles institutions de la Grèce, leurs médailles brillent au milieu de toutes celles qu'on y fabriquait alors, par leur belle fabrication, le caractère et le style élégant du dessin.

No 14. — Monnaie d'argent de Glanum, ville ancienne, située dans le territoire d'Arles, à l'endroit où est maintenant Saint-Remi. (Cette médaille appartient à M. le marquis de la Goy, qui habite Saint-Remi.)

Tête de Cérès.

REVERS. — ΓΛΑΝΙΚΩΝ (des Glaniens). Taureau courant. Un monogramme.

Lorsque je publiai pour la première fois cette médaille, en 1833, je donnai la tête pour celle d'Hercule. Comme elle est altérée par le frottement, je n'en avais pas bien reconnu le caractère; je rectifie mon erreur.

Cette jolie médaille est la première que l'on connaisse de la ville de Glanum, et la première aussi où l'on trouve ce mot écrit en Grec, ce qui doit faire penser que cette ville, comme Marseille, devait son origine à une *migration* des Ioniens (sur les côtes de l'Asie-Mineure).

Le taureau est un type d'autant plus convenable, que, depuis un temps très reculé, on a nourri, dans le territoire d'Arles, des taureaux et des bœufs. (Voyez Millin, Taurocatapsies. (*Magasin Encyclop.* 1808.)

No 15. — Médaille d'Halicarnasse de Carie, frappée sous l'empereur Hadrien, en l'honneur d'Hérodote.

La reconnaissance publique a placé sur les monnaies l'image des grands hommes, afin qu'en passant continuellement dans la circulation, elles rappelassent aux citoyens, et même aux étrangers, la gloire de ceux dont la tête y est empreinte. C'est ainsi que les villes qui se disputaient l'avantage d'avoir vu naître Homère, ou dont les murs avaient retenti de ses chants, mirent

sur leurs monnaies l'image du poète. (Voyez la médaille de Smyrne ci-après, n° 16): que les Mytiléniens
placèrent sur les leurs celles d'Alcée, de Pittacus et de
Sapho; les Samiens celle de Pythagore, les habitans
de Cos celle d'Hippocrate.

Les Halicarnassiens ont rendu le même honneur au
père de l'histoire, qui vivait 484 ans avant notre ère, et
par conséquent cinq siècles avant le temps où cette
médaille a été frappée. Elle représente d'un côté la
tête d'Hadrien couronnée de lauriers. AΥ Τραι Αδριαν
ΟΣ ΚΑΙϹΕ L'empereur Trajan, Hadrien, César, Auguste.

Hadrien porte ici le nom de Trajan, d'après la coutume de prendre le nom de celui par qui l'on était
adopté.

REVERS. — ΑΛΙΧΑΡΝΑσσιων ΗΡΟΔΟΤΟΣ (Monnaie des Halicarnassiens, Hérodote.)

M. Visconti avait déjà publié une médaille d'Antonin avec le même type. Sur l'une et sur l'autre, les
traits d'Hérodote ont une parfaite ressemblance.

N° 16. — Monnaie d'argent de Smyrne, ville d'Ionie.
Tête d'Apollon.

REVERS. — Homère assis, tenant l'*Iliade* ΣΜΥΡΝΑΙΩΝ
ΣΠΑΝΔΡΟΣ.

(Monnaie des Smyrniens. *Spandros*), nom d'un magistrat. Pour symbole une grappe de raisin.

Cette médaille rappelle le culte voué à Homère par
cette ville où il avait un temple nommé *Homéreum*.

N° 17. — Monnaie d'argent de Mausole, roi de Carie.
Tête de face d'Apollon.

REVERS. — Jupiter Labradéus ou Labrandien, portant la bipenne (hache à deux tranchans) ΜΑΥΣΣΟΛΛΟ
(Maussole).

Maussole ou Mausole a dû sa célébrité à l'amour
conjugal de sa femme Artémise, et à ce monument appelé de son nom, *mausolée*, terme qui est devenu gé-
nérique pour tous les tombeaux où l'art a été l'interprète de la douleur.

La tête d'Apollon est semblable à celles qu'on voit
sur les médailles de Rhodes, où l'on croit qu'elle rappelle celle du fameux colosse élevé dans cette île.

N° 18. — Médaille de bronze d'Ilium, ville de la Troade (en Asie-Mineure).

ΙΛΙΕΩΝ (des habitans d'Ilion). Tête de Pallas.

REVERS. ΙΛΙΕΩΝ. Ganymède enlevé par l'aigle de Jupiter.

Nous donnons ici un exemple des traditions locales rappelées par les peuples sur leurs monnaies. Tout le monde sait que Ganymède, célèbre par sa beauté, fils de Dardanus, roi des Troyens, fut enlevé par Jupiter pour en faire son échanson, et le faire vivre parmi les immortels.

Nous parlerons d'Ilion au n. 27.

N° 19. — Statère d'or de Cyzique, ville de Mysie.

Femme assise, tenant une couronne sur le cippe où elle est assise. ΕΛΕΥΘΕΡΙ.

REVERS. Carré creux inégal. Pièce de forme globuleuse.

Cette femme n'est point la Liberté elle-même, en grec *Eleutheria*. La couronne qu'elle tient indique les jeux et les fêtes nommées *Eleuthéries*, qui sont sans doute indiquées par l'inscription *Eleutheria*.

Ces statères, que l'on attribue généralement à Cyzique de Mysie, ont cependant différentes patries, et ont été fabriqués à des époques diverses, comme le fait voir aisément le style élégant de quelques-unes de ces pièces. Mais, quoique frappés depuis l'enfance de l'art jusqu'au temps de sa perfection, les statères conservent toujours la forme inégale, globuleuse et le carré creux. Cela tenait sans doute à des raisons particulières relatives au commerce, et que nous ne saurions expliquer.

N° 20. — Médaille d'argent frappée dans la Campanie (en Italie).

Tête de Mars.

REVERS. — Buste de cheval. ROMANO, épi.

Cette médaille a été probablement frappée pour les Romains par des artistes campaniens, car le style est absolument le même que celui des autres villes de cette contrée, et la terminaison du mot rappelle celle des autres villes *Caleno, Suesano, Tiano*.

Les arts apportés par les Grecs dans cette partie de

l'Italie, qui fut nommée aussi la grande Grèce, fleurirent dans la Campanie long-temps avant qu'ils ne pénétrassent dans le Latium.

N° 21. — Denier romain, d'argent, de la famille Carisia. (Voyez le mot *denier*, p. 21).

MONÉTA. Tête de Junon moneta. (Voyez plus haut, page 27.)

REVERS.—T. CARISIVS. Instrumens du monnoyage, tenailles, marteau, enclume, surmontés d'un coin entouré d'une couronne de laurier.

Cette médaille est de celles que l'on nomme consulaires, ou de familles romaines ; elles ont été frappées sous la république. On forme des suites particulières de ces pièces, dont la plupart sont historiques. On y trouve représentés les portraits des hommes illustres qui ont honoré les familles des triumvirs monétaires, et beaucoup de types relatifs au culte des Romains.

N° 22. — Monnaie de bronze de Sinope, ville de Paphlagonie, frappée sous Alexandre Sévère. (Cette médaille appartient à M. Rolin, à Guise.) Elle est ici gravée pour la première fois.

SEV. ALEXANDR. Tête à droite, et laurée d'Alexandre Sévère.

REVERS. — C. I. F. S. A. CCXCIII. (*Colonia Julia Felix. Sinope. Anno* 293.) Jambe humaine nue, la cuisse vêtue et surmontée d'une tête de bœuf : devant un autel entouré d'un serpent et surmonté d'une plante.

Voici un exemple d'une monnaie de colonie romaine. Celle-ci fut fondée par Jules-César l'an 709 de Rome. La ville de Sinope avait eu trois ères différentes. Les deux premières étaient celle des rois de Pont, et celle de Lucullus, qui, ayant enlevé cette ville à Mithridate, la rendit libre.

Le grand Mithridate était né à Sinope. Diogène-le-Cynique y était né aussi.

La ville de Sinope était renommée pour ses superstitions singulières. On retrouve sur ses médailles beaucoup de traces du culte égyptien. Le type de celle-ci appartient à l'une de ces superstitions aujourd'hui inexplicables.

N° 23. — Monnaie de bronze de Lucifera-fanum

(*temple de Lucifera*), maintenant San Lucar de Barrameda , en Espagne.

Ces médailles se trouvent ordinairement dans ce lieu. Velasquès et Florès ont pensé qu'il y avait eu là une ville ancienne dont le nom ne nous est pas parvenu.

Tête de Vulcain ; derrière, des tenailles. Caractères phéniciens, le tout dans une couronne de myrthe.

REVERS. — Tête radiée de face. Selon Sestini, c'est celle de Vénus Lucifera.

Cette médaille, de la fabrique la plus barbare fait voir en quel état étaient les arts en Espagne, avant la domination romaine.

La légende est composée des lettres *He, Zain, Phe*, et *Tzade*, qui forment le nom de *Hezphetz*, le même que le *Hephaïstos* des Grecs (Vulcain).

Nº 24. Monnaie de Cunobelinus, roi de la Grande-Bretagne:

CVNOBILIN. *Tête imberbe, à gauche.*

REVERS. — TASCIA. Figure assise sur un siège, tenant une hache,

Il y a peu de temps que l'on a reconnu qu'il existait des monnaies antiques de la Grande-Bretagne. L'expédition de César porta quelques idées de civilisation dans ce pays, qui ne fut soumis et réduit en province romaine que sous Domitien. Dion-Cassius nous apprend que, sous l'empereur Claude, les Bretons ne jouissaient plus de la liberté populaire, mais qu'ils étaient gouvernés par différens rois, parmi lesquels il cite Cynobelinus. Ce roi était très célèbre dans l'histoire de la Grande-Bretagne. Shakespeare a fait une tragédie de *Cymbeline*, mais qui n'a d'historique que les noms. Le mot *Tascia* paraît être le nom d'une ville. Ce nom est cité par Oberlin, dans son *Orbis Antiquus*, d'après la dissertation de *Pettingal*.

Nº 25. — Médaille sicilienne d'argent, frappée par les Carthaginois.

Tête jeune, avec une coiffure semblable au bonnet phrygien, retenue par une bandelette ornée de palmettes.

REVERS. — Un lion devant un palmier, et une légende phénicienne.

Les Médailles de Luciferafanum, ont été restituées à Malaca. Lindberg. p. 21.

Le mélange d'une légende phénicienne ou carthaginoise avec le type le plus élégant qu'ait pu produire l'art grec, nous retrace la domination phénicienne sur la Sicile. Vers le temps où Xerxès entre dans la Grèce, à peu près quatre siècles avant notre ère, les Carthaginois attaquèrent les villes grecques de la Sicile, et firent divers établissemens le long des côtes pour leur commerce. Le lion et le palmier rappellent les types africains; mais il est aisé de voir qu'un artiste grec a pu seul exécuter ce bel ouvrage.

N° 26. — Médaille d'or de *Jules-César*.

CÆSAR IMP. *Cæsar imperator*. — La tête de César couronnée de lauriers : derrière, le *lituus* et le *simpulum*, signes du souverain pontificat.

REVERS. — Vénus tenant d'une main la haste (lance), de l'autre la victoire ; elle est appuyée sur un bouclier qui repose sur une base à plusieurs pans.

Jules-César est le premier qui ait obtenu du sénat le droit de mettre son portrait sur les monnaies. Le type de Vénus s'y trouve fréquemment pour rappeler qu'il prétendait descendre de cette déesse par Ascagne, fils d'Enée, appelé aussi *Julus*, et qui fut l'auteur de l'illustre famille *Julia*.

N° 27. — Monnaie frappée à Ilium, du temps de Marc-Aurèle.

Les anciennes traditions d'Homère revivent sur les monumens des villes que ce poète a illustrées par ses chants. Nous voyons sur ce grand bronze, frappé du temps de Marc-Aurèle, le héros d'Ilion, Hector, sur son char, emporté par deux chevaux impétueux, tenant d'une main sa haste et son bouclier, et de l'autre, le fouet dont il presse la course de ses chevaux. Afin que l'on ne doute pas du sujet, la légende porte ces mots : ΕΚΤΩΡ ΙΛΙΕΩΝ (Hector, monnaie des habitans d'Ilion.)

Cette ville, bâtie par Dardanus, eut pour premier nom *Dardania*. Tros, un de ses successeurs la fit appeler *Troie*, et Ilus, qui succéda à Tros, nomma la citadelle *Ilium* ou *Ilion* ; nom qui fut ensuite donné à la ville.

Qui ne connaît pas le siége de Troie, le malheur de la famille de Priam? L'Iliade et l'Enéide, les tragédies

de Sophocle et d'Euripide, mille monumens en out retracé les événemens les plus remarquables.

Ilion saccagée et réduite en cendres, sortit cependant de ses ruines, elle n'était qu'une simple bourgade lorsqu'Alexandre s'y rendit pour faire un sacrifice à Minerve; il y fit de riches présens, l'honora du titre de ville et donna des ordres pour l'agrandir.

Brûlée encore une fois par Fimbria, général des Romains, elle fut rebâtie par Sylla, et continua pour ses anciennes traditions un respect dont ses monnaies nous apportent encore aujourd'hui la preuve.

Nº 28. — Médaille de bronze d'Ephèse, ville d'Ionie célèbre par son Temple de Diane, qui était une des merveilles du monde.

Tête de Claude. TI. CLAVD. CAES. AVG. *Tiberius, Claudius, Cæsar, Augustus.*

REVERS. — Temple à quatre colonnes, dans lequel on voit le simulacre de la Diane d'Ephèse et ces mots: DIAN EPHE. *Diana Ephesia.* Ce temple, détruit par Erostrate, l'an 356 avant J.-C., reparaît sur les médailles de Claudius, frappées quatre cents ans après cet événement.

L'ancienne ville d'Ephèse avait elle-même été détruite par Lysimaque, l'un des successeurs d'Alexandre, et rebâtie à environ sept stades de l'ancienne.

La figure de Diane rappelle l'enfance de l'art; quoiqu'elle ait été faite après le temps où il avait été porté à sa plus grande perfection, parce qu'un esprit de religion portait à honorer la déesse dans les formes qui avaient été données à ses plus anciens simulacres.

Nous avons essayé de donner dans ce peu de pages un échantillon des diverses parties de la numismatique. Notre tableau est loin d'être complet; mais nous aurons rempli notre but, s'il donne une idée générale de cette science, et s'il inspire le desir de l'étudier dans ses détails.

FIN.

ERRATA.

Page 73. — *Nomi Barbari*, lisez : *Numi Barbarorum.*
Idem. — *Litteris igdois*, lisez : *Litteris ignotis.*

Médaille de Vercingetorix.

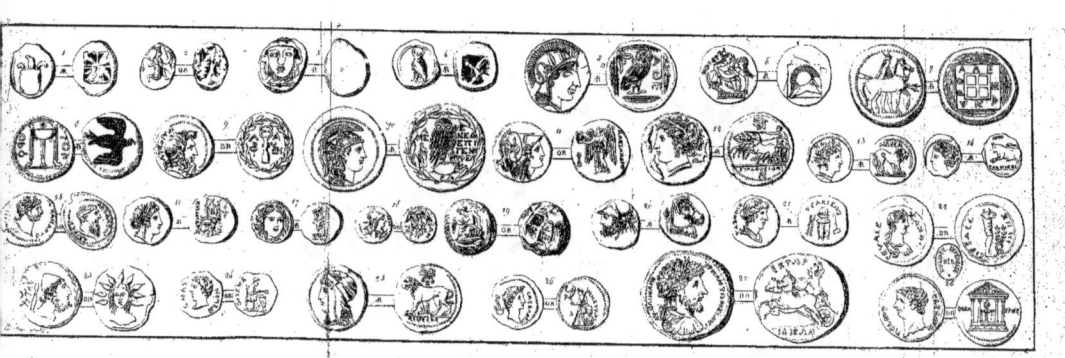

Adoption
de l'Université pour plusieurs Ouvrages.

MÉDAILLE D'OR

DU PRIX MONTHYON, ACCORDÉE PAR L'ACADÉMIE FRAN-
ÇAISE, AU VOLUME DE LA SAGESSE POPULAIRE.

BIBLIOTHÈQUE POPULAIRE,

OU

L'INSTRUCTION

MISE A LA PORTÉE DE TOUTES LES CLASSES ET DE TOUTES LES INTELLIGENCES,

PAR

MM. ARAGO, ARSENNE, A. BARBIÉ DUBOCAGE, BALLANCHE, E.
DE BASSANO, BOINE-SIMON, BOBLAYE, J.-P. DE BÉRANGER,
S. BÉRARD, E. DE BEAUMONT, L. BERGERON, A. DE LABORDE,
H. BOULAY DE LA MEURTHE, BONVALOT, BORY DE SAINT-VIN-
CENT, BRESCHET, BRIÈRE DE BOISMONT, CHAMBEYRON, CAU-
CHOIS-LEMAIRE, CHAMPOLLION-FIGEAC, CHANUT, A. CHARDIN,
CHATEAUBRIAND, CHELLE, J. CHENU, A. CHEVALIER, CLER-
MONT, L. COUAILHAC, F. CUVIER, P.-J. DAVID, DARCET, DAR-
THENAY, CASIMIR DELAVIGNE, DESVAUX, ESTÈVE DEVILLE,
DOCHEZ, E. DUCHATELET, DOUY, FAZY, FERDINAND DENIS,
DE GÉRANDO, DUMERSAN, CHARLES DUPIN, FLEURY, FRANÇAIS
DE NANTES, GALLE, GASC, GAY-LUSSAC, GEOFFROY-SAINT-HI-
LAIRE, VICTOR HUGO, L'ABBÉ HUNKLER, HUOT, HUZARD, JOMARD,
DE JOUY, ADRIEN ET LAURENT DE JUSSIEU, LAS-CASES, LECONTE,
LOURMAND, DOMINIQUE ET VICTOR LENOIR, R.-MARTIN, J.-B.
MESNARD, FRANCISQUE MICHEL, DE MIRBEL, E. DE MONGLAVE,
ORFILA, LOUIS ET PAULIN PARIS, PARISOT, PIROLLE, DE PRONY,
RÉAL, SAINTE-BEUVE, SAVAGNER, SENANCOUR, VILLERMÉ, Mme
WALDOR.

AJASSON DE GRANDSAGNE,
CHARGÉ DE LA DIRECTION,

ET DEVILLE (PÈRE), *Sous-Directeur.*

LISTE DES FONDATEURS.

MM.

Le Marquis AGUADO, fondateur principal.
AJASSON DE GRANDSAGNE.
AUBERTOT père (de Vierzon).
BARING.
Le Duc de BASSANO.
BEAUNIER.
S. BÉRARD.
Le Général BERTRAND.
H. BOULAY (de la Meurthe).
BOULLAY.
CAIGNET.
DE CHATEAUGIRON.
CHAULET.
Le Duc de CHOISEUL.
Le Maréchal CLAUZEL.
COLLOT.
DARCET.
P.-J. DAVID.
Ambr.-Firmin DIDOT.
Le Général DROUOT.
DURIEZ.
DURIS-DUFRESNE.
FERRÈRE-LAFFITTE
FRANÇAIS de Nantes.
GALLÉ aîné.

MM.

GANNERON.
GASC, officier de l'Université.
GAY-LUSSAC.
Le Général GOURGAUD.
Docteur HERPIN.
JOMARD.
Le Baron DE LADOUCETTE.
J.-B. LAFFITTE.
Le Comte DE LA ROCHEFOU-CAULT.
LEMAIRE aîné.
Dominique LENOIR.
LETELLIER.
Le Duc de LIANCOURT.
MATHIEU DUMAS.
ODIOT père.
PANCKOUCKE.
Le Comte DE PRONY.
QUÉNOT.
Le Comte RÉAL.
Le Comte A. DE RICHEBOURG.
Lord SEYMOUR.
C.-A. TESSIER D'ALTROFF.
A. VIGIER.
Mlle JULIETTE DE VILLENEUVE.

www.ingramcontent.com/pod-product-compliance
Lightning Source LLC
Chambersburg PA
CBHW060821250626
47162CB00005B/1883